宋代文學故事

【上冊】

宋代文學故事 上

目次

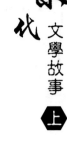

《太平廣記》：古小說之大成

魯迅先生在〈中國小說的歷史的變遷〉中說，《太平廣記》一書「可謂集小說之大成」，又稱其為「古小說的林藪」；《四庫全書總目》也稱此書「蓋小說家之淵海」。那麼，這部備受世人矚目的《太平廣記》究竟是一部什麼樣的書呢？

《太平廣記》和《宋會要》的編纂是奉旨而行。編纂的起因是因為「六籍既分，九流並起，皆得聖人之道，以盡萬物之情，足以啟迪聰明，鑑照古今」；而且皇帝「博綜群言，不遺眾善」，只是「編秩既廣，觀覽難周」，所以才「採摭菁英，裁成類例」，編成這樣一部書。參加此書的撰集之人有：李昉、呂文仲、吳淑、陳鄂、趙鄰幾、董淳、王克貞、張洎、宋白、徐鉉、湯悅、李穆、扈蒙等，共十三人（有人說是十二人，恐誤）。編纂始於宋太宗太平興國二年（九七七年）三月，第二年八月十三日表進，八月二十五日奉敕送史館，名《太平廣記》，並於太平興國六年（九八一年）正月奉聖旨雕印版。

《太平廣記》一書共五百卷，另有目錄十卷。有人曾做過統計，全書輯錄了自漢至宋初六千九百七十多個故事。這些故事按題材分為九十二類（所附類不計在內），內容十分豐富多彩。

《太平廣記》一書的價值，首先是文獻價值。《四庫全書總目》曾有很好的概括：「是書雖多談神怪，而採摭繁復，名物典故，錯出其間，詞章家恆所採用，考證家亦多所取資；又唐以前書，世所不傳者，斷簡殘編，尚間存其什一，尤足貴也。」也就是說，這部書內容是談神說怪，但採摭收錄的非常繁富，尤其是唐以前的書而後世不傳的，多賴此書得以保存。明刻本《太平廣記》書前有引用書目（疑非原有），列了三百四十三種書（據後世學者研究，書中實際所引書遠不止此，約有四百多種），其中大部分都已亡佚。比如唐代的《朝野僉載》，元代後即散佚不傳，雖有《資治通鑑》等書曾加引用，但並非全帙。而清人卻從《太平廣記》中輯出六卷之多！它的文獻價值於此可以窺見一斑。後世人利用《太平廣記》這部書來校輯舊籍佚書，考訂名物典故，補訂史書之闕疑，也就是情理之中的事情，所以說「考證家亦多所取資」。

但從文學的角度來看，《太平廣記》的價值卻在於對古小說的保存。魯迅先生曾說：「我以為《太平廣記》的好處有二，一是從六朝到宋初的小說幾乎全收在內，倘若大略的研究，即可以不必另買許多書。二是精怪、鬼神、和尚、道士，一類一類的分得很清楚，聚得很多，可以使我們看到厭而又厭，對於現在談狐鬼的《太平廣記》的子孫，再沒有拜讀的勇氣。」（〈破唐人說薈〉）《太平廣記》可以看成是中國古代文言小說的第一部總集。如果不是這部書保存了大量的漢唐小說，我們對前代小說就不會有今天這樣深入的了解和具體的把握。對於唐代傳奇來說，尤其如此，因為傳奇小說的創作雖然在唐代已經蔚然成風，並因為它能「見史才、詩筆、議論」（趙彥衛《雲麓漫鈔》卷八）而成為當時進士行卷的重要作品。但畢竟因為它的稗官野史地位，始終登不了大雅之堂，一般別集很少收它，一般選本也很少選它；但《太平廣記》卻保存了許多。一些唐代傳奇小說或者僅見於《太平廣記》，或者最早見於《太平廣記》，如〈王度〉（即〈古鏡記〉）、〈王宙〉（即〈離魂記〉）、〈任氏〉（即〈任氏傳〉）、〈李娃傳〉、〈柳氏傳〉、〈無雙傳〉、〈霍小玉傳〉、〈鶯鶯傳〉等唐代傳奇作品，無不如此，因此顯得十分珍貴。魯迅先生就曾利用此書來輯錄《古小說鉤沉》和《唐宋傳奇集》。

《太平廣記》一書對後世文學產生了極為深遠的影響。這可以從兩個角度來看，一是對文人的創作的影響，也就是《四庫全書總目》所說的「詞章家恆所採用」的意思。自宋以後，《太平廣記》中的許多故事都被文人作為典故來用（比如裴航藍橋驛遇仙、張倩娘離魂等），或者被文人重新加工創作（如秦觀的〈調笑令〉之於〈鶯鶯傳〉）。但更重要的則是對通俗文學（戲曲和小說）的影響。南宋羅燁《醉翁談錄》就記載宋時說書人必須「幼習《太平廣記》」。宋元以來的話本小說大多取材於《太平廣記》一書，元明清以來的戲曲也多從此書中尋找素材。比如前文提到的傳奇〈王宙〉（即〈離魂記〉），宋有〈惠娘魂偶〉話本，金有〈倩女離魂〉諸宮調，元有〈倩女離魂〉雜劇；〈任氏〉（即〈任氏傳〉），金有〈鄭子遇妖狐〉諸宮調；〈李娃傳〉，宋有〈李亞仙〉話本，元有〈曲江池〉雜劇，明有〈繡襦記〉傳奇；〈柳氏傳〉，宋有〈章臺柳〉話本，明有〈章臺柳〉傳奇；〈無雙傳〉，明有〈明珠記〉傳奇；〈霍小玉傳〉，明有〈紫簫記〉、〈紫釵記〉，清有〈紫玉釵〉傳奇；〈鶯鶯傳〉，宋有〈鶯鶯傳〉話本、〈商調蝶戀花會真記鼓子詞〉、〈鶯鶯六么〉官本雜劇，金有〈西廂記〉諸宮調，元有〈西廂記〉雜劇等；至於元明話本中取材於唐傳奇的就更多。《太平廣記》中的故事幾乎大部分都被後世翻新過。這一切都表明《太平廣記》對後世的深遠影響。

陳摶：高臥華山的世外高人

陳摶，字圖南，亳州真源人。他一生喜讀《易經》，如飢似渴，手不釋卷，所以自號為扶搖子。他是北宋初頗具傳奇色彩的詩人。

相傳陳摶四五歲的時候，有一天在一條小河邊玩耍，忽然來了一個身穿青衣的老太太。這青衣老太太見陳摶天真可愛，便把他抱在懷裡，撩起衣襟，餵陳摶吃奶。說來奇了，自從陳摶吃過青衣老太太的奶，一天比一天聰明，等他長大之後，讀起書來，便能過目不忘；吟起詩來，也出口成章，如吐珠玉。

在封建社會裡，有才能的人並不一定都能才有所用，陳摶便是如此。在後唐長興年間，陳摶曾抱著幻想進京趕考，結果名落孫山。從此，他便無意於功名，而是放情於山水之間。據說，陳摶在遨遊山水期間，曾遇到過兩位世外高人，經高人點撥，他便去武當山九室巖過起了隱居的生活。他在武當山隱居了二十餘年，這期間，他吐納天地之氣，不食五穀雜糧，唯喜飲酒，日飲數杯，以此為樂。後來，陳摶又從武當山移居華山，隱棲於雲臺觀。在華山隱居時，他常在少華石室中臥睡，往往是一覺便睡上一百多天，人皆稱奇。就這樣，他在華山度過了後半生，坐化於華山蓮花峰下張超谷中。

雖說陳摶高臥華山，常常百日長睡，但他並非渾渾噩噩、糊塗一世的人。《宋史・隱逸傳》中記述了陳摶的兩則故事，頗能說明陳摶這個世外之人關心著世內之事，不同於一般的隱者。

第一則故事說：

五代後周的世宗皇帝柴榮，喜慕道家煉丹化成金銀的黃白之術，於是便有人向世宗皇帝推薦了華山隱士陳摶。顯德三年（九五六年），世宗下詔命華州地方官送陳摶到京城，留居宮中。一天，世宗很悠閒地詢問黃白之術，陳摶回答說：「陛下是一國之君，應當時刻考慮如何治理天下，怎麼能去關心煉丹化金化銀的事情呢？」世宗聽了不大高興，但沒有降罪於他，以為他視黃白之術如至寶，祕而不傳，就下詔封陳摶為諫議大夫，想先將他留下來再說，可陳摶拒不受命。最後世宗皇帝沒有辦法，才放陳摶回山。

第二則故事說：

宋太宗得天下，四海一統，宇內太平。陳摶得此消息，親自下山到京城拜賀。陳摶因何有此舉？原來隱居華山的陳摶，歷經了五代亂世，自從五代後晉之後，每逢聽說一次朝代更替，便皺起眉頭，幾日也無笑容。假如有人問他為何有此種表情，他只是瞪大眼睛看著你，一言不發。直到他有一天騎著驢下山，聽說宋朝立國，趙氏坐了天下，才放聲大笑。人們不解地問他，他說：「天下從此可以安定了。」為此他還寫了一首〈歸隱〉詩，詩曰：

十年蹤跡走紅塵，回首青山入夢頻。
紫陌縱榮爭及睡，朱門雖貴不如貧。
愁聞劍戟扶危主，悶見笙歌聒醉人。
攜取琴書歸舊隱，野花啼鳥一般春。

詩中表現了陳摶渴盼天下安定、四海統一的情志。宋太宗聽說陳摶來朝，熱情地接待了他，並對當朝的宰相宋琪等人說：「陳摶是個獨善其身的隱士，從不涉足勢利之事，真可以說是個方外之人。他在華山隱居已有四十多年，算來他最少也有一百歲了，聽說他自己聲稱歷經了五個朝代的離亂，如今天下太平，才特意進京朝拜。我和他談了談，他談的話很有道理，所以我讓他去中書省和你們談談。」陳摶到了中書省，宰相宋琪等人請教他說：「您非常精通道家的修身養性長壽之道，可以教給我們嗎？」陳摶回答說：「我是個山野之人，對於國家來說是最沒用處的人了，我也不懂得什麼神仙的黃白之術，更不懂得什麼吐故納新的養生之法，我實在沒有什麼東西可以傳授給你們。可是話又說回來了，即使我傳授給你們白日升天、羽化成仙的方法，這對於國家社會有什麼好處呢！當今的皇上龍顏俊秀，與眾不同，況且皇上博古通今，精明治亂，是個仁義聖明的君主。當前正是君臣同心協力治理國家、平定天下的時候，你們這些大臣卻熱衷於修煉，這與你們應當做的事距離太遠啦！」宰相宋琪等人聽了只覺慚愧，連連稱先生說的極是。事後，宋琪把陳摶的話轉告給了太宗皇帝，太宗大加稱讚，下詔賜號陳摶希夷先生。

從上述兩則故事中，我們可以看到陳摶高臥華山而胸懷天下的品格。關於陳摶，還有些超人的故事，據說他能預知未來。在陳摶的齋房牆壁上掛著一個大瓢，這大概是仰慕顏回「一簞食，一瓢飲，回也不改其樂」的品德，或許是敬重上古隱者許由追求原始掛瓢於樹的風范。有一個道士叫賈休復，他有心索要那牆上之瓢，便造訪陳摶。陳摶見了他，便說：「我知道你來沒有別的意思，是想向我要那個瓢。」說完，便命小童摘下瓢來送給了道士。這是陳摶預知當時之事的故事。

有一個叫郭沆的人，從小就在華山修道。一天，郭沆夜宿雲臺觀。半夜時，陳摶突然喊他起床，讓他火速回家。郭沆不知為何，猶豫未決。過了一會兒，陳摶又說：「可以不回去了。」直叫得郭沆丈二和尚摸不著頭腦。第二天，郭沆回到了家，聽說老母昨夜突發心痛病，幾乎命歸西天，過了片刻又平安無事，這才曉悟陳摶的話事出有因。這是陳摶預知當天之事的故事。

有一個叫張忠定的人，年輕的時候曾到華山拜謁陳摶。當時，陳摶手書一絕送給他：

自吳入蜀是尋常，歌舞筵中救火忙。
乞得金陵養閒散，也須多謝鬢邊瘡。

張忠定不解其意，茫然記下。後來，張忠定為官，最初在杭州，合了「吳」字；轉遷益州，又合了「蜀」字；晚年因鬢邊生一瘡，不宜遠鎮，移官金陵修養，這才佩服陳摶的先見之明。終了，張忠定終因瘡發而卒。這是陳摶預知人一生之事的故事。

這三則軼事為陳摶罩上了神祕的光環。其實，陳摶只是一個隱居的平常人，用他自己的詩句說，他是「三峰千載客，四海一閒人」。

柳開：倡導古文的先驅

柳開，字仲途，大名府人。他是北宋初年著名的散文家，也是繼中唐韓愈、柳宗元以後在北宋首倡古文體散文一代文風的先導。

柳開出生於一個官宦之家，其父柳承翰，在宋太祖乾德年間，官至監察御史。柳開幼年時便聰慧過人，有大志向，文慕古文，武習弓箭，戲者喜弈棋，且有膽氣，為人勇敢。五代後周顯德末年，柳開隨父在南樂。一夜，柳開與家人在庭院中乘涼，有一個小偷潛入柳家。眾人發覺有賊，都嚇得不敢作聲，躲在一邊動也不敢動彈一下。當時，柳開才十三歲，只見他衝進房中，急取長劍，大呼捉賊。那小偷見狀，逾牆而逃。柳開追來，舉劍便砍，削下小偷的兩個腳趾。家人極讚其少年英雄。

宋太祖開寶六年（九七三年），柳開進士及第。此後，開始一生的宦遊生活，歷任多處地方官，政績頗顯。

柳開知全州時，全州西部有延洞粟氏，聚集族人作亂，常犯漢民地區，搶掠人口，劫走糧畜。柳開為延洞粟氏族民作了衣帶巾帽，選派了三個勇敢善辯的衙吏作為使者去粟氏居處，並讓使者轉告粟氏族民說：「你們若能歸順，定有厚賞。我會請求朝廷，撥給你們土地，為你們建造房屋，使你們安居樂業。如若不歸順，我就派大軍剿滅你們一族。」粟氏聽了，既懼於朝廷威力，又疑慮許諾的虛實，於是，便留下兩個使者作人質，帶著四位頭領隨一個使者到了全州。柳開命州人鼓樂歡迎，設盛宴款待，賞賜極厚。粟氏確認柳開招安是一片誠心，便攜老帶幼，歸順了朝廷。柳開果真撥給了粟氏族民土地房屋，並作〈時鑑〉一篇，刻石立碑，為粟氏族民永誡。全州自此太平無事。

柳開知邠州時，朝廷已經二次徵調邠州的百姓，為環州、慶州的邊防駐軍送運糧草，弄得許多百姓傾家蕩產。後來朝廷的轉運使又要向百姓徵運糧草。百姓們被逼無奈，便聚集了數千人，闖到州衙哭號訴苦。柳開非常同情百姓的疾苦，便給轉運使寫了一封信，信中說：「我管轄的邠州距環州不遠，據我所知，環州駐軍的糧草即使不再運送，也足夠四年的使用。邠州的百姓老幼疲憊，車馬也缺乏，為什麼不停止向環、慶二州運送糧草呢？」轉運使不聽，柳開就親自騎快馬奔到京城，面見皇上，為民請願，終於停止了擾民的運送糧草的弊政。邠州百姓為此稱頌父母官柳開。

柳開為官清正，為人也豪俠。柳開在家鄉大名府時，有一次在酒館裡飲酒，有一個文士模樣的人坐在他身邊。從情貌言談上看，好像有什麼為難的事，柳開便搭話詢問。那人說，他自從到了北京大名府，生活一直貧困。如今親人死了，沒有錢安葬。他聽說大名府知府王祐是個很講義氣的父母官，他想去向王祐求助。柳開聽了便問：「安葬你的親人需要多少錢？」那人回答：「二十萬錢就足夠了。」於是柳開拿出自己的全部積蓄，總計有白金百餘兩、錢數萬，送給了那人。那人感恩不盡。

柳開在文學史上的突出貢獻，就是高揚復古的旗幟，在北宋文壇中首倡古文體散文。眾所周知，自漢代以後，駢文盛行。這種只追求形式華美而內容空洞的文風，一直延續到魏晉南北朝幾個朝代。雖然在中唐時，有韓愈和柳宗元倡導古文，發起了古文運動，但到了晚唐五代，講究聲律對偶的駢文又大盛於文壇，成了一代時文。宋初仍繼續著這種不良的文風。

柳開在年輕時便深諳時文之弊。他認為，晚唐五代乃至宋初的時文「文格淺弱」，因而崇尚韓愈、柳宗元倡導的古文。於是，他立志追隨韓柳，再倡古文，以扭轉一代文風。柳開起初名肩愈，字紹元。其含義是：肩負韓愈的使命，努力繼承柳宗元。足見柳開的文學思想傾向。柳開成年後，又改名換字，即是傳世的名開，字仲途。含義是：要開闢一條散文新路，而這條新路又是孔子仲尼儒道的繼續。這表明了柳開「文以載道」的文學意識。然而，柳開的古文主張是與世俗習尚相違背的，儘管他的古文創作曾得到大名府知府王祐的激賞，得到了知名學者楊昭儉、盧多遜的褒獎，獲得了與當時的古文家范杲齊名的美譽，但也遭到了當時追隨楊億、劉筠，專為駢偶之文的一大批保守文人的責難。

效仿白居易的詩人王黃州

王禹偁，字元之，濟州鉅野人，是宋代著名文學家。因為王禹偁官終黃州知州，所以人們又稱他為王黃州。

王禹偁出身於一個農民家庭，父親是個開磨坊磨米磨面的農家手藝人。據說，王禹偁九歲時便能作文賦詩，可謂是山溝溝裡飛出的金鳳凰。《西清詩話》中說：王禹偁小的時候，常幫開磨坊的父親乾些力所能及的活。有一次，他替父親給濟州從事畢士安送磨好的麵粉，在畢士安家的庭院中等候傳見，正趕上畢士安教孩子們對對子。只聽畢士安朗聲吟出上聯：「鸚鵡能言爭比鳳。」一時間，畢家的孩子們你看我，我看你，抓耳撓腮對不出下聯。王禹偁忍不住，大聲作對說：「蜘蛛雖巧不如蠶。」這下聯對得非常之好，不僅平仄工穩，而且用事精當，用蜘蛛織網之巧對鸚鵡學舌之言，用吐絲為人造福的蠶對百鳥之王的鳳，實在是自然天成的妙對。畢士安聽了大加稱讚，對王禹偁說：「你這個小孩子，小小年紀便有如此詩才，將來一定名動詩壇。」

畢士安的話沒有說錯，後來王禹偁果然成為一代著名的詩人。北宋初期的詩壇，詩人效仿白居易體成為一種風氣。許多詩人喜愛白居易詩通俗淺近、流暢爽滑的風格，競相學習。王禹偁也是學白體詩詩人中的一個，他在人到中年之時，曾專心學習白居易詩。他在自己所作的一首詩的自注中說：「予自謫居時，多取白公詩，時時玩之。」然而白居易詩看似詞語淺近易學，但其現實主義的平淡中蘊深意的詩風，卻是一般人很難學到的。因此北宋初期學白體詩的人，多流於學其體貌而不得其精神的境地，他們的詩往往寫成了缺乏詩味的順口溜。歐陽修曾以「有祿肥妻子，無恩及吏民」為例，批評那些學得膚淺的人「常慕白樂天體，故其語多得於容易」（見《六一詩話》）。而王禹偁則非同一般，他能登堂入室，學得白居易詩的精髓，並博採各家之長，形成自己詩歌的特點、風格，確實開啟了宋代詩歌風氣之先。所以《蔡寬夫詩話》說，宋初「士大夫皆宗樂天詩，故王黃州主盟一時」。且看王禹偁的〈村行〉詩：

馬穿山徑菊初黃，信馬悠悠野興長。
萬壑有聲含晚籟，數峰無語立斜陽。
棠梨葉落胭脂色，蕎麥花開白雪香。
何事吟餘忽惆悵？村橋原樹似吾鄉。

這詩作於商州，是詩人首次遭貶謫居悲涼情感的流露。詩的寫法深得白居易詩的旨趣，語言淺近，敘述從容連貫，層次清楚，沒有突兀驚人的意象，也沒有跳盪的表現，色彩鮮明而並不濃膩，對仗工穩而不事雕琢，讀來只覺娓娓道來，淺易自然，更多有情味。王禹偁主張詩歌要「詞麗而不冶，氣直而不訐，意遠而不泥」，這是王禹偁學白居易詩所悟出的寫詩的經驗之談。〈村行〉一詩，正體現了王禹偁這種詩歌主張，顯現出中正平和、自然流暢的風格和品位。

王禹偁為何被貶商州？提起來讓人頗感不平。

宋太宗淳化二年（九九一年），王禹偁為大理寺通判。這大理寺是古代朝廷最高的司法機關，而宋代所設的通判則是封建社會最高法官廷尉的佐官，並有監察廷尉的權力。這一年，有一個廬州的尼姑法號叫道安，來大理寺告狀，狀告朝廷命官左散騎常侍徐鉉「姦私下吏」。王禹偁接手此案，可一經調查，尼姑道安所言與事實不符，實屬誣告。於是王禹偁便將案情上報給朝廷，請皇上定奪，不想皇上竟下詔命大理寺不要治尼姑道安之罪。按宋代的法律，誣告有罪。王禹偁見皇命於理不公，便毅然上書，言明徐鉉一案的情狀，請治尼姑道安的誣陷之罪。被告徐鉉也上書申冤。太宗皇帝在王禹偁、徐鉉義正詞嚴的諍諫面前，不得不收回成命，判尼姑道安有罪，然而太宗皇帝更遷怒於王禹偁、徐鉉抗旨不遵，貶徐鉉為靜難行軍司馬，貶王禹偁為商州團練副使。這樣，為人申冤之人，自己卻蒙受了不白之冤。

其實，王禹偁更崇尚李白與杜甫。他在〈贈朱嚴〉詩中說：「誰憐所好還同我，韓柳文章李杜詩。」而在李白與杜甫中尤推崇杜甫，在〈日長簡仲咸〉詩中，他稱頌杜甫說：「子美集開詩世界。」只是李杜詩博大精深，浪漫者飛馳天地，現實者堪稱詩史，豪放者氣吞山河，沉鬱者心懷悲憂，是極不易學的，而白居易步武李杜，從李杜詩的博大精深中演化出淺近意篤一體，因而王禹偁才從學白居易詩入手，以追隨李白、杜甫。

王禹偁學詩還有一段詩壇佳話。

王禹偁謫居商州，賦閒無事，便潛心研習白居易的詩歌，玩味語句，揣摩詩法，體悟境界，發掘旨趣。一日，觸景生情，忽有所悟，下筆成詩，得〈春居雜興〉詩二首：

其一

兩株桃杏映籬斜，妝點商山副使家。
何事春風容不得，和鶯吹折數枝花。

其二

春雲如獸復如禽，日照風吹淺又深。
誰道無心便容與，亦同翻覆小人心。

詩成，王禹偁頗為得意，便喚來長子嘉祐、次子嘉言同賞，二子以為父偶得佳句共賀之。不想事過半載，長子嘉祐求見父親說：「我近日讀《杜工部集》，見杜甫詩中有『恰似春風相欺得，夜來吹折數枝花』一聯，我覺得父親所寫的〈春居雜興〉詩中『何事春風容不得，和鶯吹折數枝花』一聯，與杜詩相類，請父親把詩修改一下，如若不然，恐怕有剽竊之嫌。」王禹偁聽了不以為然，反而高興地說：「我的詩大有長進了，日顯其精深，若不然，怎麼能與杜甫的詩暗暗相合呢？」欣喜之餘，意猶未盡，又提筆命篇，寫下了一首〈示子〉

聊以自賀：

命屈由來道日新，詩家權柄敵陶鈞。
任無功業調金鼎，且有篇章到古人。
本與樂天為後進，敢期子美是前身。
從今莫厭閒官職，主管風騷勝要津。

詩中表現了王禹偁「一失一得」的悲喜之情：失者，貶官商州，得者，學詩有成；悲者，功業不就，喜者，獨領風騷。從這首詩中，我們也能看到，王禹偁學詩於白居易，而意在登杜甫之堂的學詩初衷。

儘管人們評價王禹偁的詩，常常如《許彥周詩話》所說：「王元之詩可重，大抵語迫切而意雍容。……大類樂天也。」但是王禹偁的詩中也有類杜甫者。如〈新秋即事〉三首之一：

露莎菸竹冷淒淒，秋吹無端入客衣。
鑑裡鬢毛衰颯盡，日邊京國信音稀。

風蟬歷歷和枝響，雨燕差差掠地飛。
系滯不如商嶺葉，解隨流水向東歸。

詩中所寫，是詩人謫居商州的失落之感和對京城的懷戀，流露出政治上不甘沉淪的情志。此詩不但內涵意境與杜詩接近，而且那種開合跌宕的嚴整結構，聲韻頓挫的平仄格律，工穩的對仗，情景的映襯，也都與杜詩接近。清人賀裳《載酒園詩話》說，王禹偁「雖學樂天，然得其清，不墮其俗」，正說明了王禹偁學白居易是在於學杜甫的學詩初衷。正是在這種詩歌觀的指導下，才使王禹偁能夠學人所長，去人所短，形成自家風格，成為「主盟一時」的一位有代表性的詩人。

〈唐河店嫗傳〉與宋遼戰爭

北宋初期的著名文學家王禹偁，不僅詩名顯赫，而且亦有文名。他與柳開、穆修，同是宋初古文運動的先驅者。於散文，王禹偁主張「傳道而明心」，他承繼了唐代古文家韓愈「文從字順」、「隨言短長」的文風，把韓愈提出的「不師今，不師古，不師難，不師易，不師多，不師少，唯師是爾」的為文之道作為文章的規範，因而他既反對五代豔冶的文風，又反對拙劣的擬古，他一方面批評「文自咸通後，流散不復雅。因仍歷五代，秉筆多豔冶」，另一方面又指出，「模其語而謂之古，亦文之弊也」。他自己的文章確能做到明白流暢、質樸中正，史有「典雅敏贍，簡易醇質」之好評。

〈唐河店嫗傳〉是王禹偁散文的代表性作品，是一篇以民間一人之事轉論國家萬民矚目之事的奇文。

文章開篇，以紀傳體的筆法，敘述了唐河店的一位老年婦女的驚人之舉。一胡虜貿然犯邊，驕橫肆虐，呼呵老婦人為其打水。老婦人沉著應對，遇事不慌，佯稱井繩太短打不到井水，讓胡虜自汲。當胡虜自汲時，老婦人乘機推胡虜於井下，奪馬回城。這老婦人，有勇有謀，巧殺敵寇，在邊疆傳為美談。王禹偁記敘此人此事，並非像一般紀傳散文那樣敘其事，褒其人，而是藉之為前提，討論國家御邊抗遼之大策。

北宋建國以後，宋太祖吸取了晚唐藩鎮割據而導致唐王朝滅亡的教訓，採取了虛外實內的策略，調集重兵駐守京城，結果造成了邊防的空虛。這樣一來，遼國便乘虛而入，屢屢犯邊。宋太宗即位後，曾兩次派兵反擊遼軍，結果均遭敗績。太平興國四年（九七九年），宋太宗攻滅北漢以後，曾乘勝進攻幽州，企圖從遼國手中奪取燕雲十六州，但結果失敗了。雍熙三年（九八六年），宋太宗再次發動大軍，分兩路進攻幽州，最後仍是大敗，不得不全線潰退。而遼國則更加猖獗，企圖奪取中原。宋太宗端拱元年（九八八年），遼軍大舉南進，占領了唐河以北諸州。一時間，朝野震動，如何抗遼禦邊成了當時的政治熱點。面對著邊塞烽火，國家危難，王禹偁侃侃而談，表達了自己的獨到見解。

在文章中，王禹偁首先提出了自己的邊防觀，他認為：國家在邊防用兵上，應當多徵用邊民當兵，因為他們熟悉如何與胡虜戰鬥，而且不膽怯，不懦弱。並且承上文所述的唐河店嫗的英雄事蹟推而廣之，極讚邊民勇武，以證明自己觀點的正確。接著，王禹偁以招募邊民而組建起來的靜塞、驍捷、廳子三支邊防軍為例，說明了這些邊防士兵們，聽說胡虜來犯，父母為之備馬，妻子為之取弓箭，甚至有的來不及頂盔戴甲就衝上戰場的剽悍神勇，和他們成功地守衛邊疆的事實。至於上谷的失守，王禹偁認為，不在於靜塞軍不勇敢作戰，而在於邊鎮守將調走了靜塞軍的兵馬，隸屬自己指揮，以圖自保。而後，王禹偁又分析了當今邊民不願應徵入伍的原因，認為造成這種情況的原因有三：一是邊民入伍多被調往內地駐守京城，離開了家鄉故土；二是邊民入伍即便留守邊防卻月俸微薄，供給又常得不到補充，配備的戰馬也都瘦弱駑劣，不足抵禦胡虜；三是在與胡虜作戰時，邊鎮將領多派邊民組建的軍隊衝鋒陷陣當砲灰，挫傷了他們的鬥志。針對上述的癥結，他提出了三條相應的措施：一是讓邊民組建的軍隊駐守邊疆，使他們有鄉土的依戀之情；二是優厚供給，使他們豐衣足食，無後顧之憂；三是再撥給他們堅甲利兵和健壯的戰馬，使他們在裝備上能與胡虜抗衡。文章最後結論說，「如是得邊兵一萬，可敵客軍五萬矣」，「則何敵不破」！

可是，令人遺憾的是，北宋的統治者並沒有採納王禹偁以及許許多多有識之士的正確建議，仍然固守著宋太祖「虛外實內」的既定方針，終於失去了與遼國對抗的能力。遼統和二十二年（一〇〇四年），遼聖宗親率大軍從幽州出發，進逼澶州，迫使宋真宗訂立了「澶淵之盟」。北宋統治者以每年向遼王朝輸送銀十萬兩、絹二十萬匹，作為遼軍北撤的條件。自從這喪權辱國的「澶淵之盟」簽訂以後，北宋王朝便一蹶不振，直至北宋滅亡。在邊防戰爭中，北宋無論對遼、對金，還是對西夏，幾乎就沒有打過一次勝仗，真可謂「羞辱中國堪傷悲」！

魏野：草堂居士傳絕唱

魏野，字仲先，祖籍蜀州，後居陝州東郊。魏野家世代為農，而魏野嗜喜吟詩賦文，可以說魏野是位農民出身的詩人，有《草堂集》、《鉅鹿東觀集》傳世。

傳說魏野的母親曾做過一個奇異的夢，她夢見自己揚起長袖，這袖子突然變得奇長無比，直伸入月亮之中，她還清楚地看見，月中的玉兔撲到了她的袖口。魏野的母親一夢醒來，便覺自己身已受孕，於是便生下了魏野。

等到魏野長大成人，雖貌若農夫憨厚質樸，但心有靈犀，寫得一手好詩，一時間名聲大振。然而，魏野不慕功名，不求聞達，只願鍾情山水，拙守田園。他在陝州東郊自己的家鄉，尋找到一個風景優美的地方，鑿了一室窯洞，又在洞前蓋了一間草堂，而後定居下來。

魏野自己親手營建的居所，有清泉環繞，竹樹成林，朝對遠山雲霞，暮伴窗前月輝，真可謂是個世外小桃源。魏野居於此間，或踏青青草色吟詠詩篇，或逐啾啾鳥語彈指撫琴，清閒淡雅，其樂無窮。於是魏野便自命雅號，號曰草堂居士。

魏野的草堂建成後，常有文人雅士載酒肴慕名造訪，嘯詠終日，以求一樂。當時，陝州的郡守，前前後後不知換了多少人，無論文臣武將，或舊相名宦，都非常尊重魏野，有的達官顯貴還親自到草堂拜訪過魏野。據說，陝州有一任郡守，名喚趙昌言，他為人極其高傲，不願屈尊拜訪魏野。但他卻在自己的家中特別置設一個座位，留待魏野來訪時坐，並對手下的官吏千叮萬囑，如果魏野來訪，要立時稟報。在來草堂小築過訪的官員中，要數兩度為相的寇準寇萊公地位最顯。魏野〈謝寇相公見訪二首〉其中一詩記述了此事，詩說：

晝睡方濃向竹齋，柴門日午尚慵開。
驚回一覺遊仙夢，村巷傳呼宰相來。

據《宋史·隱逸傳》記載，魏野為人瀟灑倜儻，不喜巾幘，無論來訪者身份貴賤，他都是身著白衣、頭戴紗帽會見客人；如若出門遊賞，總是騎著一頭白驢。魏野又極為好客，倘若有人來訪，他總是請客人留詩題詞，還常常與客人作徹夜長談，盡歡而散。但魏野風雅有餘，而經營生計不足，家中常是「燒葉爐中無宿火，讀書窗下有殘燈」。他在〈春日述懷〉一詩中自嘲說：

春暖出茅亭，攜筇傍水行。
易諳馴鹿性，難辨鬥雞情。
妻喜栽花活，兒誇鬥草贏。
翻嫌我慵拙，不解強謀生。

儘管魏野家境清貧，但他也決不作蠅營狗苟之事，更不願在汙濁的官場中謀生計，即便機會找上門來，他也不為之動心。魏野的信條是：「無才動聖君，養拙住西村。臨事知閒貴，澄心覺道尊。」宋真宗大中祥符年間，有契丹使者來朝，言說契丹國得到了魏野的《草堂集》，但僅有半部，希望求得全本。這樣一來，魏野的詩名便傳到了皇上的耳中。此後，宋真宗到汾陰祭祀，想起了居住離汾水不遠的魏野，便下詔命陝州令王希招魏野見駕。當皇上的特使來到了魏野的草堂前，魏野卻關上了大門，而自己卻跳牆逃掉了。這逃避特使的魏野，在友人家中的牆壁上題了一首詩，以表達心志。詩說：

達人輕祿位，居處傍林泉。
洗硯魚吞墨，烹茶鶴避菸。
閒唯歌聖代，老不恨流年。
靜想閒來者，還應我最偏。

皇上的特使找不到逃隱的魏野，只好抄下魏野題的詩向皇上交差。宋真宗讀了魏野的詩，嘆了口氣說：「魏野是不願意來呀！」而宋真宗極慕魏野高名，頗喜魏野居處幽致。既然找不到魏野，皇上便命畫師去畫下了魏野草堂的景色，掛在宮中，以寄思慕之情。

魏野雖名聲遠播，但他並不居高自傲，極惡輕浮，律己如此，對人亦如此。《續湘山野錄》記有這樣一則故事：

鳳閣舍人孫僅，與魏野是筆友。孫僅做京兆尹時，曾寫詩寄與魏野，詩中所述是他於府中的風雅之事，詩中提到了他與長安名妓添蘇的樂遊。魏野曾以詩酬和，詩的最後兩句是「見說添蘇亞蘇小，隨軒應是佩珊珊」。一天，孫僅對添蘇說：「魏處士詩中，把你和南北朝錢塘名妓蘇小小相提並論，你覺得怎麼樣？」添蘇笑著說：「魏處士的詩名遠播天下，在他的詩中能提到我這淺薄之人，這是當年的蘇小小想做而做不到的，這說明蘇小小不如我，詩中把我與蘇小小並提又有何妨！」孫僅聽了添蘇的話非常高興，便拿出魏野的和詩送給了添蘇。添蘇雖然從未見過魏野，但對魏野久懷仰慕之情，於是便請書法名家在她家的牆壁上寫了魏野的那首詩，以此向與她交往的人誇耀自己，提高自己的身價。過了不久，魏野來到了長安。有個好事的朋友，祕密地邀請魏野來到添蘇的家，見了添蘇，也不向添蘇介紹魏野姓甚名誰。添蘇見魏野其貌不揚，衣著簡樸，性情魯鈍，類於山野村夫，便沒有上前寒暄問候。魏野抬頭見到牆壁上所題之詩，頗覺驚詫。添蘇立即誇說：「這是魏處士褒讚我的詩作。」魏野聽了也不答話，讓人取來文房四寶，在那詩旁又題了一首詩。詩道：

誰人把我狂詩句，寫向添蘇繡戶中。
閒暇若將紅袖拂，還應勝得碧紗籠。

詩中用碧紗籠比喻添蘇，實是批評她雖生得貌美，但人很膚淺，就像我們今天常說的俗語「繡花枕頭」。添蘇看了詩，才知道來人是魏野，羞愧得連忙上前熱情款待。

前面說過魏野的出生頗具神話色彩，傳說魏野之死也非同一般。魏野有個表兄名叫李瀆。天禧三年（一〇一九年），魏野獲悉表兄的死訊，哭之甚悲，對兒子說：「我不能去奔喪了，就是我去也到不了那裡。」於是讓兒子去奔喪。就在魏野得到表兄死訊的六天後，這位一生不仕而名動朝野的魏處士無疾而終。時人都覺得事情神異。魏野享年整整六十歲。

後人評述魏野為詩精苦，有唐人風格，多警策之句，雖無飄逸俊邁之氣，但平樸而常不事虛語。他有一首〈清明〉詩最為後世傳唱：

無花無酒過清明，興味都來似野僧。
昨日鄰翁乞新火，曉窗分與讀書燈。

寇準：富貴宰相愁苦詞

「天上神仙府，地上宰相家」，一句民諺道出了歷代宰相的榮華富貴、赫赫權勢。北宋宰相寇準雖然在歷史上以剛正直言、力主抗遼而聞名於世，但由於他生活在「太平世，且歡娛，不惜金樽頻倒」的享樂成風的時代，難免又有其對奢華享樂熱切追求的一面。《宋史》本傳云：「準少年富貴，性豪侈。」沈括《夢溪筆談》中說他「好柘枝舞，會客必舞柘枝，每舞必盡日，時謂之『柘枝顛』。」然而，在歷盡滄桑、幾經浮沉之後，這位功業卓著的政治家卻看到他一生的慷慨大志在黑暗腐敗的現實社會中無法實現，於是胸中的悲哀和慨歎便又造就了一位才華橫溢的詩人。

寇準（九六一－一〇二三年），字平仲，華州下邽（今陝西渭南縣）人。出生於顯赫的官宦世家、書香門第，自幼受到良好的教育，加上他天分極高，攻讀勤奮刻苦，十九歲便考中進士甲科，可謂少年得志。後來又憑藉滿腹經綸，在仕途上屢屢升遷，最後官至宰相。但由於他過於剛直不阿，終究難免官場橫禍，於晚年遭陷害被貶，卒於雷州（今廣東省海康縣），謚號「忠愍」，傳世之作有《寇萊公集》、《寇忠愍公詩集》。

寇準熟諳古今之變，善於旁徵博引，他詩學王維、韋應物，風格清麗深婉，有晚唐韻味，尤以七言絕句為佳。他的詞能夠狀物抒情，表達出許多難以言狀的情懷。〈江南春〉就是最典型的代表：

波渺渺，柳依依，孤村芳草遠，斜日杏花飛。江南春盡離腸斷，萍滿汀洲人未歸。煙波渺渺隔千里，白萍香散東風起。日暮汀洲一望時，柔情不斷如春水。

《湘山野錄》中記載：「萊公富貴之時所作詩，皆淒楚愁怨，嘗為〈江南春〉云云。」《苕溪漁隱叢話》云：「以〈江南春〉二首觀之，則語意疑若優柔無斷者。至其端委廟堂，決澶淵之策，其氣銳然，奮仁者之勇，全與此不相類。蓋人之難知也如此。」其實，雖為富貴宰相，但他已經陷入了一種難以自明的是非漩渦之中了，他的悲酸和苦衷只有寄情於詩詞了。

然而，這種難以名狀的感觸一般都發自於「高處不勝寒」之後。在年輕時，他的驕奢享樂也是絲毫不辱沒宰相門庭的。從他侍妾蒨桃所作的〈呈寇公二首〉詩中，我們便可窺得一二：

一曲清歌一束綾，美人猶自意嫌輕。
不知織女螢窗下，幾度拋梭織得成。

風勁衣單手屢呵，幽窗軋軋度寒梭。
臘天日短不盈尺，何似燕姬一曲歌。

一個獨特的角度，道出了寇準醉生夢死的生活。詩中美人與織女因「一束綾」聯繫在一起，形成鮮明的對比，給人以深刻、強烈的感受。

當時的寇準正春風得意，自然不會把「織女」勞作的艱辛放在心上，他的〈和蒨桃〉詩就說得很清楚：「將相功名終若何，不堪急景似奔梭。人間萬事何須問，且向樽前聽豔歌。」蒨桃質樸濃烈的詩句未對寇准有絲毫觸動，相反，他還勸蒨桃不必去操那份心，要及時享樂。

時過境遷，當他在政治上開始走下坡路時，他才漸漸感到社會的虛偽和黑暗，才漸漸更深地體察到民間的疾苦。在被貶謫之時，他才忽然發覺，自己的滿腹才學和滿腔抱負都只能付諸流水了。雖有一顆憂國憂民之心，卻只有在「處江湖之遠」處亮起一片春天了。這樣難免會悵惘不盡，於是，在被貶道州時寫下了一首〈春陵聞雁〉詩：

蕭蕭疏葉下長亭，雲澹秋空一雁經。
唯有北人偏悵望，孤城獨上倚樓聽。

然而，「悵望」總歸是「悵望」，僅是一種憧憬和夢想罷了。「離心杳杳思遲遲」（〈夏日〉），失意人落魄的情懷難以傾訴，只好把一腔哀怨、悲愴凝匯在某一深遠意象上。〈書河上亭壁四首〉從四季景物入手，以景代情，堪稱「淒婉迷離，韻味悠長」的佳作。尤以其三為最，涼秋暮景備傷情懷：

岸闊檣稀波渺茫，獨憑危檻思何長。
蕭蕭遠樹疏林外，一半秋山帶夕陽。

詩中有畫，江河、帆船、煙波、遠樹、疏林、秋山、夕陽，構成了一幅意境淡遠的地方暮秋圖，而深沉空寂的畫面中溶化的是作者難以言狀的情思。環境冷寂，人更孤獨，滿腔心事，無限怨痛。

誠然，從「一人之下，萬人之上」一下子被貶到道州，是讓人感到無法承受。但寇準所作所為，老百姓們卻能公正評說，有民謠說得好：「欲得天下好，無如召寇老。」是非曲直不辯自明。寇準晚年曾再起為相，但後來又被丁謂讒害，排擠去位，被貶雷州。

乾興元年（一〇二二年），年逾花甲的寇準到了荒遠偏僻的雷州，孤苦之感日日襲來，遂作一首〈海康西館有懷〉：

風露淒清西館靜，悄然懷舊一長嘆。
海雲銷盡金波冷，半夜無人獨憑欄。

回想起二十餘年的幾度沉浮，憂思滿懷，化為一聲「長嘆」，這聲嘆息中有山川載不動的愁情。宦途艱難、險惡，身世之感，憂憤之情不時侵擾他孤苦的心靈。於是，寇準扼腕生憤，大聲道出了自己的心聲，賦〈感興詩〉一首：

憶昔金門初射策，一日聲華喧九陌。
少年得志出風塵，自為青雲無所隔。
主上掄才登桂堂，神京進秩奔殊方。
墨綬銅章竟何用，巴雲瘴雨徒荒涼。
有時扼腕生憂端，儒書讀盡猶飢寒。
丈夫意氣到如此，搔首空歌行路難。

回首前塵，撫今傷昔，舉目蒼涼，道盡了他這一生的無可奈何。廟堂之上不辨忠奸，寇準那顆憔倦的心都快被敲碎了。

宋仁宗天聖元年（一〇二三年），寇準病倒了。他曾用〈病中書〉為題，再寫一首描述志行和遭遇的律詩：

多病將經歲，逢迎故不能。
書唯看藥錄，客只待醫僧。
壯志銷如雪，幽懷冷似冰。
郡齋風雨後，無睡對寒燈。

這時的他，雖然操守和情懷如舊，但他的心卻已經徹底冷了。可憐一世英才，在這年九月，帶著無限的遺憾與世長辭了。

寇準名垂青史，蜚聲後世。留給後人的是忠正、機智、善斷大事的完美形象，可他的悲哀和愁苦，誰又曾去體會過呢？透過對他留世作品的參悟，我們劈雲撥霧，卻發現了寇準內心深處的另一個孤寂哀愁的世界。

「梅妻鶴子」的和靖先生

北宋初年，有一位才華出眾的文人，他一生不仕、不商、不娶，而情願與梅鶴相伴終生，時人稱之為「梅妻鶴子」。他就是著名的隱士高人林逋。

林逋，字君復，杭州錢塘人，宋太祖乾德五年（九六七年）出生於一個世代書香門第之家。祖父名克己，曾出仕於五代時吳越的錢鏐王，為通儒院學士。但到了林逋時，家道已敗落，生活變得相當貧困。更不幸的是，在林逋十多歲時，雙親相繼過世，他只好與一個哥哥相依為命。家庭的薰陶，生活的艱苦，使林逋「性恬淡，好古，弗趨榮利」（《宋史・本傳》）。

林逋早年曾「放遊於江湖之間」。不久，回到西湖，在孤山建造了草廬，作為自己的隱居之地，他在草廬周圍種植了大量花草，並飼養白鶴，並常常吟詩題字，描繪自己的隱居生活。如〈小隱自題〉：

竹樹繞吾廬，清深趣有餘。
鶴閒臨水久，蜂懶采花疏。
酒病妨開卷，春陰入荷鋤。
嘗憐古圖畫，多半寫樵漁。

林逋雖然過著隱居生活，但是他的人品、才學出眾，因此聲名依然顯赫在外，並且為當時的皇帝宋真宗所知。大中祥符五年（一〇一二年），宋真宗下詔賜林逋以帛、粟，並詔杭州的地方官歲時勞問。天聖年間（一〇二三—一〇三二年），丞相王隨到杭州拜訪林逋，親自到孤山草廬，每日與林逋唱和詩詞。他看到林逋住的茅屋非常簡陋，於是用自己的俸祿重新修葺。林逋非常感激，曾撰寫駢文以致謝。其他的官員也時有造訪，如做過杭州地方官的薛映和李及等，「每造其廬，清談終日而去」。

儘管林逋已聲名很大，有許多人也勸他出山入仕，但他卻一再推辭。他在不同場合均表示堅持過隱居生活。他曾對造訪的丞相王隨說過：自己隱居並不是為了去做官，走終南捷徑，而是覺得做官實在是很辛苦，而自己未必具有這個本事。自己最擅長的還是栽花種草，吟詠山水。他在〈深居雜興六首・序〉中表述了這種人生態度：「諸葛孔明、謝安石蓄經濟之才……鄙夫則不然，胸腹空洞，譾然無所存置，但能行樵坐釣外，寄心於小律詩，時或鏖兵景物……」他又在〈孤山隱居書壁〉中表達了他希望終身隱居的願望：

山水未深猿鳥少，此生猶擬別移居。
直過天竺溪流上，獨樹為橋小結廬。

林逋沒有經國濟世的大志，他從大自然的山水中得到心靈的淨化，他在平和的生活中極力描摹大自然的美景，尤其是梅花和白鶴。

林逋極其酷愛梅花。他在孤山草廬周圍大片種植梅樹。神清骨秀的梅花正與他超然的品格相契合。他共有詠梅詩八首。「不辭日日旁邊站，長願年年末上看。」（〈梅花二首〉）

充分表現了林逋對梅花的酷愛之情，最著名的就是那首〈山園小梅〉：

眾芳搖落獨暄妍，占盡風情向小園。
疏影橫斜水清淺，暗香浮動月黃昏。
霜禽欲下先偷眼，粉蝶如知合斷魂。
幸有微吟可相狎，不須檀板共金尊。

尤其是「疏影橫斜」一聯，被司馬光稱之為「曲盡梅之體態」。正因林逋極其喜愛梅花，觀察細緻入微，所以他的詠梅詩才能令人拍案叫絕。看到梅花那清幽的神韻，就彷彿看到了一位高潔的隱士形象。林逋也以其詩的獨特魅力，開啟了北宋詠梅之風。

除了梅花，林逋還鍾愛白鶴。在他看來，那無憂無慮、悠然自怡的白鶴正好與他閒適的隱居生活相照應，他曾買兩隻白鶴，精心馴養，「縱之則飛入雲霄，盤旋久之復入籠中」。（沈括《夢溪筆談》）後來，當林逋坐著小船閒遊西湖之時，恰好有客人拜訪。童子就放出白鶴，不一會兒，林逋就會回來。這樣，白鶴又成了報信的信使。林逋觀察白鶴同樣細微，他在〈榮家鶴〉中寫道：

種莎池館久淹留，品格堪憐絕比儔。
春靜棋邊窺野客，雨寒廊底夢滄州。
清形已入仙經說，冷格曾為古畫偷。
數啄稻粱無事外，極言雞雀懶回頭。

詩人已把白鶴引為知己，白鶴是那麼通人性，以至於詩人常常把白鶴當成自己的兒子。林逋過的是幽靜、恬淡的隱居生活，他的詩也充滿了平靜、閒逸之情。據《宋史・本傳》記載，林逋寫詩從不留稿，隨寫隨丟。曾經有人勸他保留起來，以傳後世。林逋答道：「我之所以要隱跡於山林之間，就是不想出名，更沒想憑藉詩出名，何談要留名後世呢？」儘管如此，還是有人將他的作品偷偷地抄錄保存下來，大約有三百多篇，輯為《林和靖先生詩集》。

林逋除早年漫遊江淮之間外，其餘時間都在孤山度過，與梅、鶴形影相隨。與有些隱士不同的是，他的隱居地並不是選擇人跡罕至的深山，他也不是完全與外界絕緣，時常有客人來訪，林逋也不拒見。只是林逋心性淡泊，因此依然過的是平和的生活。

仁宗天聖五年（一〇二七年），林逋六十一歲，他囑託侄孫要把他葬在孤山。第二年，林逋自覺不久於人世，他來到梅林，與梅告別；又親手放飛了與之相依為命的白鶴。臨終前，作了一首〈自作壽堂因書一絕以志之〉：

湖上青山對結廬，墳前修竹亦蕭疏。
茂陵他日求遺稿，猶喜曾無封禪書。

司馬相如臨死時留下封禪書，囑咐家人，待皇帝尋訪時便呈上去。而林逋卻說幸喜自己沒有封禪書，那意思自然是表示自己到死也不願出仕的了。這也是詩人一生的總結。

林逋生活在太平盛世，又有出眾的才華和做官的機會，但他甘於平淡，寄情於山水之間，這並不是一般的封建士大夫所能做到的。正如歐陽修所說：「自逋之卒，湖山寂寥未有繼者。」仁宗皇帝有感於林逋的高尚品格，特賜謚「和靖先生」，因此後人也稱林逋為「和靖先生」。

陳亞：以藥名入詩詞的學士

宋代對文人士大夫的優待，使得當時的文人士大夫既高貴，又閒雅，這很使人羨慕。所以便有更多的人發奮努力，通過科舉進入仕途，加入文人士大夫的行列。當然，在文人堆裡混，也總得有點本事才行。所以宋代文人個個都稱得上是學富五車，才高八斗。連歐陽修這樣的大家在當時都被人譏為「不讀書」，可以想像，那些讀書的大學問家的學問就更深不可測了。人們批評宋人「以才學為詩」，其實宋人並非有意如此。生活優游，學富才高，使宋代文人的精力旺盛得無處釋放，於是就在吟詩作賦上較勝負，比高低。「以才學為詩」也就在所難免。

陳亞的以藥名入詩、入詞，自然可以看成是「以才學為詩」的一例。

陳亞，字亞之，維揚（今江蘇揚州）人，生卒年不詳。宋真宗咸平五年（一〇〇二年）進士。曾做過杭州於潛縣令，又做過越州、潤州、湖州等地的太守，後官至太常少卿。去世時已是七十多歲了。

陳亞生性滑稽，善於寫詩，被人稱為「滑稽之雄」（《青箱雜記》）。有時與人諧謔，無所不至。他做杭州於潛縣令時，還很年輕，常常逞口舌之利，嘲謔百端，很讓人受不了。當時做杭州太守的是馬亮。馬亮，字明叔，合肥人，是北宋宰相呂夷簡的岳父，以善於知人聞名於世，北宋許多名臣如陳執中、梁適、田況、宋庠、宋祁等人，都曾得到過馬亮的褒獎和厚遇。馬亮對陳亞的才能也很欣賞，只是擔心年輕人因為言語不當，會招來不必要的麻煩。有一次，陳亞上府拜謁馬亮，馬亮就以此來規勸他。陳亞聽了之後，悚然驚懼，連連表示要改掉自己的毛病。可是過了不一會兒，老毛病就又犯了。有人拜謁馬亮，自稱是「太祠郎李過庭」。馬亮這時不想見人，就大罵道：「何人家子弟？」陳亞連想都沒想，張口就說：「李趨兒。」因為來人名「過庭」，《論語・季氏》中有「（孔子）嘗獨立，（孔）鯉趨而過庭」的話（孔鯉是孔子的兒子），所以陳亞說來人叫「李趨兒」。馬亮聽後一愣，想了想，才明白是怎麼回事兒，忍不住也大笑起來。江山易改，本性難移，看來陳亞是生性如此。

陳亞與蔡襄會於金山僧舍，兩人喝得半醉時，蔡襄因為陳亞善謔，就以陳的名字為題寫詩，題於屏風之上：「陳亞有心終是惡。」陳亞針鋒相對，也提筆對了一句：「蔡襄無口便成衰。」（「襄」字去雙口與「衰」字相似）陳亞也曾以自己名字為題，寫過一首近似於謎語的詩：

若教有口便啞，且要無心為惡；
中間全沒肚腸，外面強生稜角。

「亞」字因其字形，所以被說是「中間全沒肚腸，外面強生稜角。」這雖然是遊戲之作，可也包含著一些深意。令陳亞出盡了風頭的，還是他寫的那些藥名詩。以藥名入詩並非始於陳亞，唐代張籍就有〈答鄱陽客藥名詩〉：「江皋歲暮相逢地，黃葉霜前半夏枝。子夜吟詩向松桂，心中萬事喜君知。」但在張籍，只不過是偶一為之。到了宋人陳亞，才大量創作起藥名詩來。

陳亞寫的藥名詩有一百多首，可惜大部分都已失傳了。但所存的零篇斷簡，為數亦不算少。陳亞曾跟人說：藥名用於詩，沒有不可以的，只是運用得當，貼切合理，曲折婉轉地表達人情事理，那可就靠個人的才智了。有人就問他：「延胡索」這種藥名也可以用嗎？陳亞之說，當然可以。想了想，吟道：「布袍袖裡懷漫刺，到處遷延胡索人。」吟完之後說：「此可贈遊謁措大。」「措大」，指貧寒失意的讀書人。眾人聽了，笑得前仰後合。

陳亞寫藥名詩，並不像人們想像的那樣純出於遊戲。他的大部分藥名詩或藥名詞都有著實在的內容。他有時藉藥名來寫景，如〈登湖州銷暑樓〉：

重樓肆登賞，豈羨石為廊？
風雨前湖夜，軒窗半夏涼。
罾青識漁網，芝紫認仙鄉。
卻恐當歸闕，靈仙為別傷。

「風雨」二句雖暗用了藥名前胡、半夏，但作為詩，卻寫得十分貼切（緊扣題目），也很有韻味。

有時用藥名來抒情，如寫閨情的〈生查子〉詞三首：

相思意已深，白紙書難足。字字苦參商，故要檳郎讀。
分明記得約當歸，遠至櫻桃熟。何事菊花時，猶未回鄉曲。

小院雨餘涼，石竹風生砌。罷扇盡從容，半下紗廚睡。
起來閒坐北亭中，滴盡真珠淚，為念婿辛勤，去折蟾宮桂。

浪蕩去未來，躑躅花頻換。可惜石榴裙，蘭麝香銷半。
琵琶閒抱理相思，必撥朱弦斷。擬續斷朱弦，待這冤家看。

第一首詞寫閨中思婦給出門在外的丈夫寫信，責備他一去不歸，言而無信；第二首寫思婦在家中行起坐臥都不安寧，一心只想著出去考取功名的夫婿；第三首寫思婦閒挑琵琶以訴相思，而琵琶弦又斷了。雖然三首詞中用了大量的藥名，如相思子、薏苡、白芷、苦參、狼毒、當歸、遠志、菊花、茴香、餘糧、石竹、蓯蓉、半夏、北亭、真珠、細辛、桂、莨菪、石榴、麝香、枇杷、相思、蓽撥、續斷、代赭等，但這絲毫未影響到詞意的表達，詞中寫盡了思婦因相思而百無聊賴、無情無緒的情態，尤其是「字字苦參商，故要檳郎讀」和「擬續斷朱弦，待這冤家看」等細節，即使置於其他詩人的類似題材中，也是難得的神來之筆。

陳亞有時還將藥名寫入詞中，來表達自己仕途的遭際。《青箱雜記》卷一記載：「（陳）亞與章郇公同年友善。郇公當軸，將用之，而為言者所抑。亞作藥名〈生查子〉陳情獻之。」詞道：

朝廷數擢（蒴擢）賢，旋占凌霄（凌霄花）路，自是鬱陶人（桃仁），險難無夷（蕪荑）處。也知沒藥（沒藥）療饑寒，食薄何（薄荷）相誤。大幅（大腹皮）紙連黏，甘草（甘草）歸田賦。

這樣的詞，自然不是無病呻吟之作了。前人說陳亞的這些作品「雖一時諧謔之詞，寄託亦有深意。」（《青箱雜記》）是比較客觀的評價。

陳亞諧謔人生，當然不會喜歡官場的拘束。所以一邊做官，一邊又懷戀起無官的自在來：「多愧當年未第間，卜居人外得清閒。排聯花品曾非僭，愛惜苔錢不是慳。秋閣詩情天淡淡，夕溪漁思月彎彎。而今慚厚明朝祿，敢念藏愚莫買山。」後來他果真退隱田園，以詩書自娛，一直到老死。《澠水燕談錄》記載：「陳亞少卿蓄書數千卷，名畫數十軸，平生之所寶者。晚年退居，有華亭雙鶴、怪石一株尤奇峭，與異花數十本，列植所居。為詩以戒子孫曰：『滿室圖書雜典墳，華亭仙客岱雲根。他年若不和花賣，便是吾家好子孫。』」

不知陳亞後人將這些東西賣了沒有？

范仲淹：「腹中自有數萬甲兵」

范仲淹（九八九—一〇五二年），字希文，謚號文正，蘇州吳縣（今江蘇蘇州）人。北宋時著名的政治家、文學家。宋真宗大中祥符八年（一〇一五年）中進士。仁宗時，曾任陝西路安撫副使、經略招討使等職，鎮守西北邊境四年，抵禦西夏的侵擾。仁宗慶曆三年（一〇四三年）回朝廷任樞密使，後來又擢升為參知政事。他在任參知政事時，曾與富弼、韓琦一道共同推行「慶曆新政」，遭守舊派反對，不到一年，新政失敗。失敗後，他自動提出出外擔任職務，先後在邠、杭等州任職。仁宗皇祐四年（一〇五二年）病死在徐州。

范仲淹四歲時就失去了父親，母親改嫁到朱家。他從小立志，長大後更是努力學習。步入仕途後，剛直不阿，致力於矯正不良世俗，崇尚高尚節操。由此，他數次遭貶，一生幾起幾落。

康定元年（一〇四〇年），党項族首領趙元昊率軍侵擾。范仲淹正在越州任知州，朝廷招他回京任天章閣待制，出知永興軍，後又改為陝西都轉運使。當時夏竦正在擔任陝西經略安撫招討使，朝廷又升范仲淹為龍圖閣直學士，做夏竦的副手。

當時，延州（今陝西延安）周圍的堡塞大多已經失守，情況危急，而范仲淹主動請求到那裡去。於是，朝廷調他任戶部郎中兼知延州。西夏人聽說後非常害怕，他們傳言：「無以延州為意，今小范老子腹中自有數萬甲兵，不比大范老子可欺也！」（大范指范雍）足以看出范仲淹卓越的軍事才能。以前，詔令規定各個將領分別統轄邊境軍隊：總管統領一萬人，鈐轄（官職名）統領五千人，都監統領三千人，需要抵禦敵寇進攻時，按官位大小出擊，即：官位小的先出擊，官位大的後出擊。范仲淹說：不善於選擇合適的戰將，僅以官位高低作為出擊先後順序的標準，這是自取滅亡。於是，他查看本州軍隊，挑選了一萬八千人，分為六支隊伍，每位將領各統率三千人，分部操練士兵，並根據敵軍的多少，派他們輪番出戰。當時塞門承平各寨已經廢棄，范仲淹就下令築起青澗城池來阻擋敵人的進攻，並大力提倡開墾農田，允許民間貿易，以互通有無。他又得知百姓遠道交納賦稅非常辛苦，就請求將鄜城建為軍一級的行政單位，讓河州、同州、華州的百姓就近納租。春夏季節調來軍隊就地供應軍糧。這樣，僅購糧一項便可節省不少費用。仁宗非常欣賞他的政策，後來，下詔書改范仲淹的部隊為康定軍。

第二年正月，仁宗皇帝下令陝西各路兵馬進討西夏，范仲淹從國家大局著想，上書說：「正月，西夏正是最寒冷的時候，士兵出征很難適應，不如等到開春以後再進討，那時敵人馬瘦人飢，一定很容易制服。而且，到那時我們的邊境逐漸加固，敵人一定會被我軍的氣勢嚇倒，請皇帝允許我對羌族等少數民族實行恩惠政策，招納他們歸附。否則，雙方的關係斷絕，就是邊境的大害了。如果我的策略毫無效果，再發兵占據綏州、宥州等要害地方，屯兵墾田從長計議，這才是上策。」仁宗採納了范仲淹的建議。范仲淹則下令修築承平、永平等寨子，漸漸招回流亡在外的百姓，於是羌漢人民相繼回歸家鄉、重操舊業。

他下令整頓邊界：除鹿延以外，封鎖其他邊境民族向朝廷納貢的道路，鞏固了邊界的穩定。

過了較長時間，元昊放回了被俘的大將高延德，用他來與范仲淹約和，范仲淹寫信警告西夏。這時正趕上任福帶兵在好水川一戰中戰敗，元昊頓時氣焰囂張，覆信中出言不遜。范仲淹一氣之下當著使者的面將信燒毀，朝中大臣都認為不應該輕易與西夏通信，因此，宋庠請朝廷將范仲淹斬首，仁宗沒有同意。但因此事范仲淹被降為戶部員外郎，調到耀州，又調到慶州。

地處慶州的馬鋪寨，擋住後橋川口且處在敵人腹地之中，范仲淹想在那裡築城，估計敵人必定會來爭奪，就祕密派遣兒子范純佑和少數民族將領趙明先占據這個地方，自己隨後帶兵緊跟。各位將領都不知道這次發兵的目的，等行軍到了柔遠，范仲淹才發建城的命令，此時建城工具已經齊備，十天之後城就建成了，這就是有名的大順城。敵人發覺以後，發兵三萬來攻，並設下埋伏，然後假裝敗陣而逃。范仲淹識破詭計，告誡部下不要追擊。後來經人偵察，果然有伏兵，敵人沒有得逞。大順城建成以後，敵人屢攻不下，挫傷了銳氣。環慶州的敵情得到了緩解。

葛懷敏率領的部隊在定川戰敗，西夏軍一路大肆搶掠到潘原，關中地區震驚，一時慌亂，老百姓都跑到山谷裡躲避。范仲淹率領六千人馬，由邠州經涇州去增援，一直到聽說西夏軍逃出邊塞才撤回。開始，定川戰敗的事傳到朝廷，皇帝查看地圖對左右大臣說：「如果范仲淹派兵援救，我就不怕了。」當范仲淹派出救兵和西夏軍被打敗的消息傳到朝廷時，仁宗皇帝欣喜無比，於是擢升范仲淹為樞密直學士、右諫議大夫。范仲淹則因為這次出兵沒有戰功，拒絕接受。

後來，他又就邊界州省將領的任用向皇帝提了許多建議，仁宗完全接受。對於戍邊這幾年的生活，他深有感觸，他曾寫過一首詞〈漁家傲〉：

塞下秋來風景異，衡陽雁去無留意。四面邊聲連角起。千嶂裡，長煙落日孤城閉。

濁酒一杯家萬里，燕然未勒歸無計。羌管悠悠霜滿地。人不寐，將軍白髮征夫淚。

詞中暗示了戍邊生活的艱苦，並抒發感慨，把思鄉和報國的複雜感情一道吐出，並在抒發自己建功立業的豪情的同時，流露出憂國恤卒的心緒。此詞作於康定元年到慶曆三年（一〇四〇—一〇四三年）間，是詞人戍邊生活的真實寫照。據宋人魏泰《東軒筆錄》中說：「范文正公守邊日，作〈漁家傲〉樂歌數闋，皆以『塞下秋來』為首句，頗述鎮邊之勞苦。」這首詞卻是數闋中僅存的一首。

慶曆三年，西夏與宋議和，范仲淹也被調回京師，因戍邊有功，被任命為樞密副使。

流傳千古的〈岳陽樓記〉

「先天下之憂而憂，後天下之樂而樂」是范仲淹在「慶曆新政」失敗後，被貶為鄧州（今河南鄧縣）知州時，應朋友滕宗諒之邀而作的〈岳陽樓記〉中的名句。

滕宗諒，字子京。他跟范仲淹是同榜考中的進士，兩人友誼很深，而且由於共事多年，彼此的政治見解也比較一致。范仲淹長期在西北經略邊防事務，很有威信；而滕子京就是由於范仲淹的推薦，先後在甘肅的涇州和慶州任職，一直同范仲淹親密合作。慶曆三年（一〇四三年），滕子京到慶州任職，並代理鳳翔知府。朝中有個官員檢舉滕子京在涇州時擅自動用官錢十六萬貫，其中有幾萬貫下落不明，應該查辦。守舊派抓住這個案子並有意擴大事態，矛頭直指韓琦、范仲淹、歐陽修等主張變法的朝臣。慶歷四年春天，當時代理御史中丞的王拱辰揪住此案不放，一定要以貪汙罪處罰滕子京，由於范仲淹的大力斡旋，滕子京被貶為岳州知州才算了事。到慶曆五年正月，范仲淹被罷免到鄧州任知州。〈岳陽樓記〉就是作者於慶曆六年九月在鄧州任職時寫的。范仲淹在文中寫到：「慶曆四年春，滕子京謫守巴陵郡，越明年，政通人和，百廢俱興。乃重修岳陽樓，增其舊制，刻唐賢、今人詩賦於其上，屬予作文以記之。」

我們只有不局限於作者區區幾十字的背景介紹，了解了這篇文章大的歷史背景，才能進一步了解文章的意蘊。

〈岳陽樓記〉不是一般的寫景文字，儘管它寫景狀物具體而精細，渲染氣氛真切而又生動；其實作者所要寫的是人對景致的不同感受，對客觀環境的不同態度。正是在這裡，作者那崇高的人格，寬廣的胸懷得到了充分的展現。這既是范仲淹身處「江湖之遠」時的自勵，也是對朋友滕子京的規勸和勉勵；它不僅是范仲淹偉大人格的真實寫照，也成為後代仁人志士的道德準繩。

全篇先敘作記緣由，寥寥幾語卻言簡意賅。「謫」這一關鍵字已經點出，而後因事及景，極寫登臨樓頭之所見，既有細筆勾勒，又有濃墨渲染，使兩幅景緻栩栩如生。接著由景及人，再寫遷客騷人的觸景生情，或憂讒畏譏，感極而悲；或把酒臨風，樂不可支，由此，照應前段的「覽物之情，得無異乎」一語，使文氣暢達。最後，緣情而議，引出主題「不以物喜，不以己悲。居廟堂之高，則憂其民；處江湖之遠，則憂其君。是進亦憂，退亦憂」，抒發了「先天下之憂而憂，後天下之樂而樂」的感慨。原來作者極寫遷客騷人覽物之情是為了拿它來與古之仁人對比，前者如許鋪排，至此盡收。再回首文章開頭的「謫」字，不由對作者的精巧構思無限欽佩。全文駢散結合，有的句子有意押韻，使文章讀來抑揚頓挫，朗朗上口，韻味無窮。

范仲淹一生歷任興化縣令，祕閣校理，陳州，蘇州知州，右司諫，陝西經略安撫副使，招討使，天章閣待制，參知政事等職，任職期間，他因直諫而多次遭貶，幾起幾落，但以天下為己任的志向卻始終不改。

他在擔任祕閣校理時，由於他對《六經》非常精通，尤其在《易》經上有特長，學經學的人都前往請教，他手持經典為他們耐心地講解，從來顯不出疲倦，人們都很愛戴他。他用自己微薄的俸祿招待從四面八方趕來向他求教的窮學生，而自己的孩子卻要輪流穿一件體面的衣服出門，范仲淹對此毫不在意。

章獻太后逝世那年，發生了大規模的蝗、旱災害，江南、淮南、京東一帶尤為嚴重。范仲淹請求朝廷派官員前去賑災，但皇帝始終不予答覆。於是，他找了一個機會問仁宗皇帝：

「宮廷中的人如果半天沒有飯吃，陛下應該怎麼解決呢？」仁宗皇帝聽後非常慚愧，委派范仲淹去安撫江、淮一帶受災百姓。他所到之處，打開糧倉賑濟災民，並且禁止老百姓搞荒唐的祭祀活動，並且免除廬州、舒州茶稅和江南東路的丁口鹽錢。這些都是他居廟堂之高憂其民的偉大人格的表現。

元昊率軍入侵，朝廷召范仲淹回京任天章閣待制、出知永興軍。以前，由於政見不和，范仲淹與宰相呂夷簡多次在朝廷上爭辯，以至於得罪了呂夷簡，被放逐在外好幾年。這次回京，仁宗皇帝親自出面勸范仲淹與呂夷簡化解宿怨，范仲淹叩頭答謝說：「我先前奏論的都是國家的大事，與呂夷簡爭論絲毫不存在個人的恩怨。」足以看出范仲淹以天下為己任的博大胸懷和高風亮節。

「先天下之憂而憂，後天下之樂而樂」是范仲淹入世思想的體現。然而，作為一名知識分子，他的思想中還存在著出世的一面。范仲淹在貶居睦州時作的〈嚴先生祠堂記〉就是出世思想的體現。〈嚴先生祠堂記〉著意標榜了嚴光耿介不屈的高風亮節，全篇充滿了對嚴光的仰慕之情。在宋代吏治頹敗、冗官充斥、官場中鑽營阿諛的風氣盛行之時，范仲淹高度讚揚嚴光威武不能屈，富貴不能淫的品德，認為它可以使「貪夫廉，懦夫立」而「大有功於名教」。全文以「相守以道」為核心，在論述這種思想時，用「以節高之」和「以禮下之」來加以具體表現，「大有功於名教」則是這種友誼的良好社會影響。范仲淹感慨地說：「仲淹來守是邦，始構堂而奠焉，乃復為其後者四家，以奉祠事。又從而歌曰：『雲山蒼蒼，江水泱泱；先生之風，山高水長！』」

立功和隱匿是中國知識分子的兩面，在范仲淹和嚴光身上則各執一端。當出世和入世兩種思想相抵觸時，范仲淹更多地站在人民、國家的立場上來決定自己最終的態度，選擇了做一個政治家，而且功業卓著。這與他「先憂後樂」的思想積澱是分不開的。他雖然也歌頌像嚴光這樣真隱士的精神，但只是他貶官而不得志時的心靈寄託。

范仲淹逝世後，皇帝感傷了很久，他親自為范仲淹的墓碑題寫「褒賢之碑」。由於他廣施恩德，邠、蘇兩州的百姓與歸附宋朝的羌人，都為他畫肖像、立祠堂來紀念他。

人緣極好、文才極高的張先

張先，字子野，烏程（浙江吳興縣）人。北宋前期承前啟後的重要詞人。他上結晏、歐之局，下開蘇、秦之先，「適得其中，有含蓄處，亦有發越處」。他的詞開北宋後期慢詞創作的先河，世稱其為「張三影」、「張三中」（即「心中事、眼中淚、意中人」）。他有文集一百卷、詩二十卷，均已散佚，僅存詞集《安陸詞》。

張先出生於宋太宗淳化元年（九九〇年），卒於神宗元豐元年（一〇七八年），終年八十九歲，可謂長壽詞人。他生活的這段時期，正是宋代文化進入如日中天、全面發展的時代，湧現出如晏殊、梅堯臣、歐陽修、王安石、蘇軾等一大批傑出的文人。而張先憑藉自己在詩、詞、文上精深的造詣，和這些一流的文人之間均有過很深的交往。蘇軾評價他：「遇人坦率，真古愷悌。龐然老成，又敏且藝。清詩絕俗，甚典而麗。」

仁宗天聖八年（一〇三〇年），張先以鄉貢進士身份登榜，座主是當時在知禮部貢舉的晏殊。晏殊對張先的詩詞非常讚賞，尤其讚嘆那首在當時被視為絕唱的〈一叢花令〉中的詞句「傷高懷遠幾時窮？無物似情濃」。仁宗皇祐二年（一〇五〇年），晏殊為京兆尹，安排張先為都官通判。於是，兩人交往更加密切起來。

後來，晏殊徙知河南府（今洛陽市），封臨淄公。已經是六十多歲的張先正好重遊長安，作〈玉聯環・送臨淄相公〉來送別友人：

> 都人未逐風雲散。願留離宴。不須多愛洛城春，黃花訝、歸來晚。葉落灞陵如剪。淚沾歌扇。無由重肯日邊來，上馬便，長安遠。

清新的構思充分表現了難捨難分的情意。

張先又曾經為晏殊的詞集《珠玉集》作過序（《四庫提要》卷一百九十八引《名臣錄》，今本序佚）。可以說，張先和晏殊之間，既近似於朋友，又近似於師生。

仁宗嘉祐六年（一〇六一年），張先入汴京任尚書都官郎中。這才又得以和同榜進士歐陽修以及同朝為官的工部尚書宋祁相見。而他們之間的交往則被文壇傳為千古的佳話。

張先和歐陽修同榜進士後，由於官職的原因，兩人雖早已互相傾慕，但卻無緣相見。在張先這次終於調回汴京後，路過京都，抽空特意去拜訪了大文學家歐陽修。當時歐陽修任龍圖閣直學士，但當他一聽說是張先，馬上迎接出去，口裡還唸叨著：「真是『桃杏嫁東風』郎中嗎？快請進，快請進！」由於太激動，慌亂中連鞋都穿倒了。可見二人都是推重文才的癡狂文人。

張先這句「桃杏嫁東風」，源自他最成功的愛情詞作〈一叢花令〉：

傷高懷遠幾時窮？無物似情濃。離愁正引千絲亂，更東陌、飛絮濛濛。嘶騎漸遙，征塵不斷，何處認郎蹤！雙鴛池沼水溶溶，南北小橈通。梯橫畫閣黃昏後，又還是、斜月簾櫳。沉恨細思，不如桃杏，猶解嫁東風。

詞作以女性的口吻寫離愁，表現了纏綿執著的愛情。尤其是最後一句，細細想來，人不如物，以人比桃杏，以無情比有情，襯托出別恨之深，感情表達細膩。賀裳《皺水軒詞筌》評曰：「無理而妙。」怨到極點，正是愛之深至。

而和張先的這首〈一叢花令〉同時獲得轟動的，還有宋祁的〈玉樓春〉詞。兩首詞妙就妙在均是以一句出神入化的清新詞句而成為當時絕唱，並成為卓絕千古的名詞。

有一天，宋祁慕名去拜訪張先。到門口後讓人通報說：「尚書欲見『雲破月來花弄影』郎中」，張先正好在屏風後面聽到了，隨即應聲呼出：「難道是『紅杏枝頭春意鬧』尚書嗎？」兩人相見，哈哈大笑。於是，張先置酒備菜，兩位以文會友的知己豪飲暢談，關係十分融洽。這一軼事在詞壇傳為美談。

七十七歲的張先體格健朗，常常往來於湖州和杭州，和朋友們一起遊玩唱和。這些朋友中，最值得一提的是蘇軾。

蘇軾比張先小四十六歲，但當時他已經是學士了，出任杭州的地方官。兩人相識後，共同的文學愛好又使他們成為忘年交。蘇軾一直非常稱道張先的詩詞，認為其自有高淡老妙的風格，有詩為證：如〈和致仕張郎中春晝〉詩云：「不禱自安得壽尊，深藏難沒是詩名。淺斟杯酒紅生頰，細琢歌詞穩稱聲。」再如〈元日次韻張子野見和〉云：「酒社我為敵，詩壇子有功。」

他們在一起最盡興的一次是在熙寧七年（一〇七四年）秋遊玩湖州、松江。當時同遊的還有楊繪、陳舜俞、李常、劉述四人。已經是八十五歲的張先意趣更濃，即興作了一首詞

〈定風波〉，又名〈六客詞〉：

西閣名臣奉詔行，南床吏部錦衣榮。中有瀛仙賓與主，相遇，平津選首更神清。溪上玉樓同宴喜，歡醉，對堤盃葉惜秋英。儘道賢人聚吳分，試問，也應傍有老人星。

其餘五人讚嘆不已，一時傳於四方。「老人星」也就不言而喻，暗指張先自己了。這一段時期裡，他們交往很密切，一直保持著較好的關係。

神宗元豐元年（一〇七八年），張先去世，葬於湖州弁山多寶寺。於是，蘇軾為他作了一篇祭文以示悼念，即〈祭張子野文〉。十五年後，蘇軾因反對司馬光全面廢棄新法，和他們政見不和，再度出任杭州地方官。這時他重遊湖州，不禁感慨不盡。難忘五位已經下世的友人，於是，作了一首〈後六客詞〉表達對友人的深情懷念。詞的上片說：

月滿苕溪照夜堂，五星一老鬥光芒。十五年間真夢裡，何事？長庚對月獨淒涼。

這「一老」即是指「老人星」張先。

以上僅是把較有代表性的幾則美談略述一二。其實，當時由於張先生活疏放，與許多名人還有往來，如梅堯臣、王安石等。在張先的創作中，多數是寫繁華生活和歌妓的情態，但卻形成了一種臻於優雅細膩的新韻致，再加上人緣極好的關係，他在宋詞壇中也是頗具影響力的人物。

「人生無物比多情，江水不深山不重。」（〈木蘭花・和孫公素別安陸〉）這兩句道出古今一切真正友情真諦的詩句，也許會讓我們感受到張先那份沉甸甸的情意吧！

宋代聞名天下的「神童」晏殊

大宋景德年間，江西出現了一位聞名天下的「神童」晏殊。

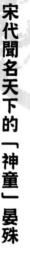

晏殊，字同叔，江西臨川人。生於宋太宗淳化二年（九九一年），卒於至和二年（一〇五五年），死後諡「元獻」，世稱「晏元獻」。他是歷史上少數幾位少年得志的宰相之一，後來成為北宋詞壇的開山祖，在文學史上頗負盛名。

大宋景德元年（一〇〇四年），當時任宰相的張知白奉旨巡視江南。一路走來，聽到許多關於臨川「神童」的傳言，如反應機敏，出口成章，題詩對句信手拈來，七歲就能寫文章，而且文思超過一般的成人等等。於是，剛到臨川，他便召來「神童」親自一試。小晏殊果然名不虛傳，不僅長得玉樹臨風，而且機敏過人，對答如流，這樣便立刻引起了張大人的喜愛。問及家世，又得知晏殊從小失去父母，在孤獨貧困中長大，張大人的惻隱之心油然而生。於是，便把小晏殊帶在了身邊。

回到京城後，十三歲的晏殊又被張大人以「神童」的身份推薦給了朝廷。第二年三月，正巧趕上皇帝要親自考試進士，還是個孩子的晏殊也隨著一千多名殿試者參加了考試。在考場上，晏殊神氣不攝，精神煥發，文章下筆即成，而且字句贍麗，用典精博，真宗十分讚賞，即刻御筆欽點晏殊為進士。這樣，憑藉出眾的文章和廣博的學問，晏殊一下子成了世人議論中的焦點人物。

大多數朝野大臣們對晏殊都是嘖嘖稱讚，佩服他的年少博學；可是，也有幾個人對晏殊是滿懷醋意，尤其是都察院御史王富。

有一次，兩人一起飲酒時，王富藉機諷刺晏殊之所以少年得意，很大原因在於張知白的引薦；而自己雖學富五車，卻無人賞識，只有珠沉玉埋了。晏殊聽出了話外之音，也針鋒相對，說題詩答對，在他的家鄉，連耕夫和牧童都會，誰又得到提拔重用了呢？於是，兩人不歡而散。

過了一個月，王御史在早朝時參了晏殊一本，說晏殊有欺君之罪。原來這一個月中，他趕赴臨川親自細訪，情形並非如晏殊所言。而晏殊在皇上面前也曾經堅持過自己的觀點，說凡人皆有所感，而詩詞歌賦皆為觸景生情，傷時感事而作，即使是耕夫和牧童，也一樣可以做得來。

真宗雖然一直都很喜歡晏殊的學識和為人，可現在，卻也只好公事公辦了。但晏殊卻鎮定自若，上前一步追問事情經過。原來王富出了一個對子：「寶塔巍巍，六面七層八方。」而臨川百姓只是搖了搖手，繼續做自己的事情了，沒有能答出對者。晏殊微笑著向洋洋得意的王富說：「噢，原來如此。唉，王大人哪，其實百姓們已經對上來了，而你卻不識罷了！」一聽此言，眾人也都茫然不解。晏殊繼續說：「百姓擺手，意思就是『右手搖搖，五指三長二短』，王大人可看明白了嗎？」真宗龍顏大悅：「對得好，對得好！晏卿平身，平身！」

一時，神童晏殊的「金殿巧對」再次被傳開來。

晏殊雖聰慧過人，但性格耿介，從不耍小聰明，具有誠實和恭謹的美德，因而深受真宗的喜愛和重視。

他中進士後不久，就被任命為祕書省正字官職。除偶爾陪真宗一起吟詩賦詞外，平時得以讀到大量皇家收藏的經書典籍，他的學問有了很大長進。

有一次，真宗出一個題目，命眾人來作，唯有晏殊不動筆。問其原因，晏殊稟奏說：「聖上賢明，這一題目，十天前微臣剛剛作過，草稿還在。所以希望聖上能另出一題。」一個小孩子能如此誠實，而不邀功請賞，實在難得，真宗自然對他更加另眼看待了。

這樣的日子大約過了一年，皇帝任命晏殊為中書。大家都不明白怎麼回事。後來，傳下聖諭，眾人才明白皇上為什麼單點還那麼小的晏殊來擔此重任。原來，由於社會的安定平穩，眾館閣大臣們沒有什麼正經事做，便經常互相請客。或嬉遊賞心，或宴請逗樂，天天如此，樂在其中。唯有晏殊一人不隨波逐流，督導弟弟，苦心攻讀。皇帝對他這一點非常賞識，才任命了他。聽完皇帝的解釋後，晏殊不僅不謝恩，反而上書啟奏說：「並非微臣不喜歡宴請遊玩，只是苦於家境貧寒，沒有能力去做那些事情，也就只好讀書伴讀打發時間了。」真宗聽後，對晏殊更多了幾分好感。

正因為晏殊年少時誠實、坦率的性格，加上有雄厚的知識和敏捷的才思做後盾，長大後，晏殊這個「神童」在仕途上也青雲直上，一帆風順。幾年間，頻頻升遷。真宗天禧四年（一〇二〇年），晏殊三十歲時，以戶部員外郎知制誥，拜翰林學士，為太子左庶子，參與朝中機密，直至仁宗朝時成為宰相。雖然他一生居於顯職，可由於為官小心謹慎，在政治上並沒有多大的建樹，反而在文學創作上一發不可收，平生著述約二百四十餘卷。其《珠玉詞》在宋詞發展史上占有重要位置。馮煦在《六十一家詞選例言》中說：「晏同叔去五代未遠，馨烈所肩，得之最先，故左宮右徵，和婉而明麗，為北宋倚聲家初祖。」

梅堯臣：宋詩的「開山祖師」

梅堯臣是宋初詩文革新運動的重要發起人之一，同時也是宋初最傑出的詩人。他的詩名與蘇舜欽齊名，所以向來以「蘇梅」並稱。梅堯臣對北宋初期的詩壇所起的作用是巨大的，歐陽修始終以「詩老」相稱，亦足可見其詩的地位和影響。

他擅長寫詩，詩的意味深遠，表現出新奇、精巧的風格。他一生歷盡坎坷，然而卻詩窮而後工。他的嚴謹的治學態度聞名於當時，也因此在詩的創作方面取得了巨大的成就。其詩的深遠影響澤被後世，像北宋的歐陽修、王安石以及後來的蘇軾均受其影響，無怪乎南宋後期詩人劉克莊稱其為宋詩的「開山祖師」。

梅堯臣一生致力於詩歌創作，對詩有著深刻的體悟，並以此來作為自己創作的指導理論。他曾說：「詩家雖主意，而造語亦難。若意新語工，得前人所未道者，斯為善也。必能狀難寫之景，如在目前；含不盡之意，見於言外，然後為至矣。」這說明他寫詩，既要求形象的鮮明突出，也要求意境的深遠含蓄，所以他的詩往往表現出深遠清淡的意境。他的長詩以寫物為主，刻畫得真實自然；短詩平淡而簡遠。

梅堯臣初期的詩受西昆派的影響。雖然他曾追隨西崑詩派，但是他並不是一個因循守舊、步人後塵的詩人。他不滿於西昆派浮靡綺麗的詩風，隨著詩人自己創作實踐經驗的不斷積累，逐步形成了自己獨特的風格。這才使人看到了宋詩的真實面目。

從一〇三四年到一〇四〇年，他已經完全脫離了西昆派的影響，開始走上了現實主義的創作道路。他的〈田家語〉和〈汝墳貧女〉是這一時期最有代表性的作品。

〈田家語〉一詩，作者是站在關懷和同情勞動人民的立場上來寫的，這對於一個統治階級成員來說是難能可貴的，而這正是其與西崑體詩人重要的不同之處。作者在序言中說：「因錄田家之言，次為文，以俟採詩者云。」作者的目的就是想通過此詩使下情得以上達，以減少人民的疾苦，同時也說明梅堯臣很重視詩歌的諷刺作用。此詩作於公元一〇四〇年，當時正值西夏趙元昊犯邊作亂，宋廷因邊關吃緊，於是下令強行徵兵，「三丁籍一壯」，而那些地方官為了媚上，竟自行擴大徵兵數目，甚至連老幼男丁也不放過。恰逢此時天又不作美，連降暴雨，河水上漲，直灌襄城，百姓們死傷甚多，痛苦不堪。詩人以現實生活為題材，對於飽受賦稅、徭役、天災、人禍等迫害的人民寄予深切的同情，提出了悲憤的控訴。「我聞誠所慚，徒爾叨君祿。卻詠歸去來，刈薪向深谷」，這是作者發出的慨嘆，慨嘆自己雖食俸祿，卻無力使國家擺脫困擾、人民生活安定，體現了詩人關注國家、社會現實的創作傾向。在這首詩裡，充分體現了杜甫開創的現實主義詩歌精神，這首詩的出現無疑給宋詩開闢了新的道路，同時也給北宋綺靡的詩壇注入了新的活力和生機。這首詩敘事真實，深沉哀婉，語言通俗樸素，有著極強的感染力。

〈汝墳貧女〉這首詩與前一首一樣，深刻地揭露了宋朝官吏亂徵民丁，致使被徵的老翁在寒風苦雨中淒慘而死的罪行，反映了當時廣大人民的疾苦。這首詩以「汝墳貧女」的口吻，敘述了其父慘死，致使自己「弱質無以托」的悲慘遭際，使人讀了倍感其情的淒切真摯，語言同樣也樸實無華。

梅堯臣的詩，長詩多以反映民間疾苦的現實主義題材為主，尤擅長寫物，感情自然、深沉，語言平白無華而且有很強的感染力；短篇平淡而簡遠，富有趣味，意蘊更濃。

梅堯臣的詩，不僅給宋初綺靡的詩壇帶來了生機和活力，而且還對其以後的詩人產生了積極且深遠的影響，使宋詩朝著健康的方向發展。梅堯臣對宋詩的貢獻是不容忽視的，他不僅繼承了唐代以來的現實主義的詩歌創作傳統，而且還有創新，使宋詩有別於唐詩，並形成自己獨到的詩歌理論。梅堯臣不愧為宋詩的「開山祖師」。

梅堯臣（一〇〇二—一〇六〇年），字聖俞，宣城（今屬安徽）人。因其曾累遷尚書都官員外郎，故有梅都官之稱。梅堯臣不但擅長詩文，而且關心國家大事。對於當時朝廷中的一些腐敗之事敢於仗義執言。

皇祐三年（一〇五一年）十月，文彥博因為鎮壓農民起義（以王則為首的）有功，升遷為禮部尚書平章事。這個官職在當時是極其顯赫的，它相當於宰相一職，按理說滿朝文武都應為他慶賀，然而卻引來了朝臣們的紛紛議論。原來，這其中有著一段極其不光彩的政治醜聞。

北宋後期，宋朝統治已十分腐敗，人民承受著各種苛捐雜稅，而且越來越重，苦不堪言。雖然也時常有些農民起來反抗，但都很快地被鎮壓下去了，可以說是有驚無險。然而慶曆七年十一月，在貝州（今河北清河縣）爆發了由王則領導的起義，卻引起了朝野上下的震驚。王則本來是一個小軍士，他看到農民被逼得走投無路，於是揭竿而起，各地飽受壓迫的貧苦農民群起而響應，不久他自封為東平王。他發動十二歲以上、七十歲以下的人當兵，在他們的臉上刺字，很快就組成了一支自稱義軍的隊伍。由於義軍都是窮苦農民出身，又對當時統治者恨之入骨，因此作戰時非常勇敢，而當時宋朝軍隊的內部腐敗不堪，各種矛盾錯綜複雜，戰鬥力很弱，簡直是不堪一擊，正像梅堯臣在〈兵〉一詩中所寫的那樣：

太平無戰陣，漢卒久生驕。
金甲不曾擐，犀弓應自調。
嗟為燎原火，終作覆巢梟。
若使威刑立，三軍豈敢囂。

這樣的軍隊與充滿憤怒的義軍作戰，焉有不敗之理。朝廷軍隊的節節退敗，使宋仁宗頭痛不已。於是派遣河北體諒安撫使（官名，相當於明代的巡撫）明鎬攻打義軍。雖然明鎬把義軍團團圍住，暫時控制住了局勢，然而宋仁宗還是提心吊膽，並對他的寵妃張氏說：「堂堂大宋國，卻沒有一個良將可用？」於是張妃把這個消息告訴了文彥博。第二天，文彥博在朝廷上慷慨陳詞，在皇帝面前所表現的那種為國盡忠的精神使仁宗感動不已，而滿朝文武都深知他骨子裡想的是什麼。

文彥博到貝州後很快取勝，仁宗龍顏大悅，對文彥博倍加「關懷」。文武百官對於他的升遷都很鄙視，殿中侍御史唐介仗義執言，觸動了仁宗，被貶為春州（今廣東省陽春縣）司馬。春州地處蠻荒之地，是放逐流放犯人和貶官的地方，去的人很少生還。因此，蔡襄等眾臣都為唐介求情，仁宗在大家的苦苦哀求之下將唐介改貶為黃州（今廣東省英德縣）。正直的梅堯臣，對這件事簡直氣憤已極，於是揮筆寫下了〈書竄〉詩。〈書竄〉詩對當時的這件事做了詳盡的敘述。

〈書竄〉詩斥責了文彥博趨炎附勢的行為。文彥博原來是個小官，無才無學，因為善於見風使舵，取悅張妃而受到賞識。據史書記載，張妃與文彥博兩家本是世交，張妃被選入宮後，文彥博曾親自命人織了一塊華美的燈籠錦進獻給張妃。這塊燈籠錦「紅經緯金縷」，「比比雙蓮花」，張妃穿上用燈籠錦做的衣服，格外光彩照人，皇帝見後，非常高興。張妃於是乘機說：「這是文彥博進獻的。」於是，皇帝提升了文彥博的官職。這次晉升平章事一職，又是張妃從中「幫忙」。在宋朝，這種串通宮禁、攫取功名的行為，是潔身自好的士大夫所不屑的。因此，梅堯臣直言不諱地說：「巨奸丞相博，邪行世莫匹。」

詩中還譴責了仁宗皇帝作為一朝君主，沉溺於酒色，聽信張妃的話，不是「任賢是舉」，而是提拔無才無能的文彥博擔任國家的重要職位，把文彥博當作「近臣」，一旦聽到別人議論文彥博時，「帝聲亦大厲，論奏不及畢」。可見當時他那種氣勢洶洶的態度。唐介曾說：「臣言天下言，臣身寧自恤。」為了堅持正義真理，唐介抱著「自恤」的態度，可見唐介剛正不阿的品性，同時亦可見梅堯臣揚善棄惡的正直人品。

唐介，江陵人，富有才學，較早登進士第。被貶前任殿中侍御史里行。他為人正直，對當時的腐敗朝政敢於直言進諫。當看到連不學無術的文彥博居然憑藉著與張妃的關係而得到了升遷，氣憤已極。他向皇帝進諫，指出文彥博升官幕後的底細。俗話說「忠言逆耳」，更何況當時皇帝又對文彥博非常賞識，這個時候進諫，哪能不激怒皇上。所以他被皇帝貶了官，被貶到了「毒蛇噴曉霧，晝與嵐氣沒」的蠻荒之地，儘管這時一些正直的官員都為唐介苦苦求情，然而他還是沒有擺脫被貶的命運。

在〈書竄〉詩裡，梅堯臣對於統治階級的腐敗，從皇帝、貴妃、丞相到一些封建官僚都作了盡情的揭露。因為這件事實在是不怎麼太光彩，以致在以後的記載中，總是閃爍其詞，並曾一度被人刪去。然而仁宗皇帝的昏庸衰朽，張妃的越權賣寵，文彥博的勾結宮闈，僥倖進階，都是無法掩飾的。此外，詩中還對唐介奮不顧身直言進諫的精神做了肯定。

梅堯臣用〈書竄〉詩，真實地記錄了這場政治醜聞。他對這件事也不是無動於衷的，他在〈宣麻〉中說：「壯士頗知霧，諸儒方貴媒，淮西封亦薄，裴度死生羞。」其中對文彥博升遷的不滿溢於言表。

梅堯臣敢於抒寫現實生活中的尖銳鬥爭，尤其是一些政治事件，將上至皇帝下至貪官酷吏揭露得一覽無餘，體現了其創作上的現實主義精神，他的這種現實主義文風同時也給後來詩人的創作產生了深遠的影響，梅堯臣和他的詩文一樣被廣泛地流傳著。直至今天，他的詩文仍然具有很高的研究價值。

柳永：奉旨填詞柳三變

宋代出現了我國文學史上第一位專業詞人——柳永。柳永，福建崇安人，原名三變，字景莊，後改名永，字耆卿。他出身於一個世宦書香門第，祖父柳崇是有名的處士，卻終生布衣，其父柳宜因「有所彈射，不避權貴，故秉政者大忌之」。柳永兄弟三人，長兄三復，次兄三接，兄弟三人皆為郎，工文藝，時號「柳氏三絕」。

柳永因其人有「仙風道骨，倜儻不羈」，早年在汴京度過，過著紈綺子弟、風流才子的生活，他歌詞寫得很好，常常出入歌樓酒館，漫遊於柳巷花街，在他的《樂章集》中有不少詞篇可清晰地看出當時他的浪漫生活。如〈笛家弄〉：

別久。帝城當日，蘭堂夜燭，百萬呼盧，畫閣春風，十千沽酒。未省、宴處能忘管弦，醉裡不尋花柳。

他沉浸在聲色歌舞中，將他的感情盡情傾吐在詞作裡，因此觸怒了仁宗皇帝、宰相晏殊等當權者。雖然他們也同樣過著這種荒唐的生活，但是卻總要將這種頹廢的真實面目掩蓋住，柳永真實的坦露當然為他們所不容，被責成「薄於操行」。但他卻受到另一個階層的歡迎：百姓們喜歡聽他的詞曲；那些教坊樂工每每得到新的曲調，一定要請求柳永為他們作詞；而那些歌妓舞女也對他的作品另眼相看，他經常混跡於她們之中，流連忘返。

詞人柳永自是風流多情。早年來到京城，終日流連於秦樓楚館，過著紈綺子弟、風流才子的浪蕩生活。因為他長得舒朗俊逸，自有一番仙風道骨的風姿，況且詞又寫得好，所以深得歌妓舞女的青睞。但是，初進考場，為功名一搏之後，卻落得榜上無名的結果，這對於他來說不能不算是很沉重的打擊。

科場的失意使他對於那種「偎紅依翠」的生活更加沒有收斂，傲然以「白衣相士」自居，把仕途功名看做是「浮名」，還不如「淺斟低唱」的浪漫來得自在。可實際上這只是柳永的一時牢騷，身為世宦子弟的他並沒有放棄功名路上的追求，但年輕而不懂世故的他萬萬沒想到這牢騷之語卻為自己設下了重重困難。當他再次參加進士考試時，皇帝宋仁宗卻因此言將他硬生生從榜上除名，並說道：「且去淺斟低唱，何要浮名！」柳永從此不得志，愈加放縱自己，並自稱「奉旨填詞柳三變」。終日與浪子縱遊娼館酒樓間，將精力全放在填詞尋樂中。

當時的宋朝京城中，到處呈現一片歌舞昇平、繁華熱鬧的景象。那些封建士大夫們經常出入於歌樓，暢遊於聲色之中，這本是常事，但他們在平時還要擺出一副正人君子的面孔。可是柳永卻很真實地將這一切都傾吐在詞曲之中，絲毫不加掩飾，這就使那些當權者甚為不滿，從而使他一再受挫。儘管這些「正人君子」很堂皇地將柳永拒之門外，但是他們在尋找快樂之時，卻是那樣地喜歡柳永的歌詞曲作。就連皇帝宋仁宗每逢宮裡舉行宴會時，也總是讓侍從將柳永作的詞唱了一首又一首。所以，雖然柳永在仕途上受到打擊，但是他的詞作卻傳播很廣，盛傳一時。

失意的柳永帶著對統治者的強烈不滿和懷才不遇的失落情緒，在無奈中徜徉於歌妓舞女、教坊樂工之中，藉此來撫慰自己受創傷的心靈。雖然柳永和這些歌妓地位有所不同，但是落魄的他卻從這些下層婦女身上感受到了「同是天涯淪落人」的相似遭遇，產生了一段段真摯感情。他以一個平常人的身份與這些歌妓舞女相處相知，看到了她們浮華背後的辛酸。

雖然如此恣意狂放，但他畢竟是世俗中人，畢竟出身於官宦之家，所以仍然忘不了對功名利祿的追求，也想在科舉場中一舉及第，而且信心百倍。在他看來「雁塔題名」只是垂手之勞，曾經萬般豪情地寫道：「臨軒親試，對天顏咫尺，定然魁甲登高第。」（〈長壽樂〉）這樣一個才情四溢的青年卻初試未中，對於他的自信心也是一種打擊。於是一時感慨萬千，唱出一首〈鶴沖天〉：

黃金榜上，偶失龍頭望。明代暫遺賢，如何向？未遂風雲便，爭不恣狂蕩？何須論得喪。才子詞人，自是白衣卿相。煙花巷陌，依約丹青屏障。幸有意中人，堪尋訪。且恁偎紅依翠，風流事，平生暢。青春都一餉。忍把浮名，換了淺斟低唱。

一向恃才傲物的青年人受到挫折，發發牢騷，彷彿要做一個白衣之士，過一種「鎮相隨，莫抛躲，針線閒拈伴伊坐」的自由生活。可這只是一時的想法，事實上他卻一直都捨棄不了這「浮名」。當他再次參加進士考試時，卻因為這一時之言而榜上無名，這是他當初所未曾料到的。只因當時的皇帝宋仁宗喜歡的是儒雅之士，深深地厭惡浮豔虛華的文章，在他看來柳永的詞只能供娛樂消遣之用，是登不了大雅之堂的。當他看到柳永的這闋詞後，心中更加不喜歡，等到放榜之時，指著柳永的名字說：「且去淺斟低唱，何要浮名！」硬是將他從榜上除名。儘管以後有憐愛柳永才情之人將他向上推薦，但是宋仁宗又是一句：「且去填詞！」在那個王者至尊的時代，僅此一句話就足夠柳永受的了。

面對這種遭遇，柳永是無法抗爭的，只能從另外的一種生活方式中尋求自身的價值。於是他終日放浪形骸於秦樓楚館，沉湎於酒色聲樂之中，與下層的歌妓相交為友，將感情傾注到風塵女子身上，將精力花費到詞曲的創作中，索性打著「奉旨填詞柳三變」的旗號，到處作詞吟唱。「露花倒影，煙蕪蘸碧，靈沼波暖」，正是他的這種生活的寫照。他想藉此來慰藉自己那受傷的心靈，努力擺脫封建禮教和對功名的追求，盡情施展他的才華，大街小巷都有他的詞曲傳唱，「凡有井水飲處，即能歌柳詞」。這也正是他的價值的另一種實現方式。

但是他終究是士家子弟，內心深處擺脫不了從小受到的家庭、社會的教育影響，雖說看似灑脫，還是無法真正放棄「浮名」。他一直沒有停止過進士考試，仁宗景祐元年（一〇三四年），改了名的柳永終於考取進士，走上了當時為人所欽羡的仕途之路，卻沒能一帆風順、顯貴亨達，只做了幾任小官。柳永任睦州團練推官時，他的詞名已廣為流傳，上任不久，呂蔚州守就多次向上推薦他，卻因侍御使郭銓的反對而未有結果。這件事情給剛入仕途的柳永心靈蒙上了一層陰影，曾作〈滿江紅〉道：「遊宦區區成底事，平生況有雲泉約。歸去來、一曲仲泉吟，從軍樂。」詞中流露出的是他對宦海生涯的厭倦之情，對辭官歸隱的自由生活產生了嚮往。

此後他先後任定海曉峰鹽場鹽官、泗州判官等職，距離百姓近了，他看到了人民生活的疾苦，曾寫下了著名的〈煮海歌〉。從這首詩裡見到的不再是他慣常寫的離情別緒，整首詩都是對沿海一帶鹽民勞動和生活的艱苦狀況的生動描寫，流露出對勞動人民的深深同情。後經過一些周折，終於被召入京城。在京做官時，正好遇到史官報告說有老人星出現，正值秋雨停而初晴時，宮中舉行宴會，宋仁宗命令左右大臣製作歌詞，他的近臣囑咐柳永填詞。此時，柳永正希望能得到提拔重用，於是欣然走筆，作〈醉蓬萊〉呈與宋仁宗，宋仁宗剛看到開頭有一「漸」字，神色便不悅，當讀到「宸遊鳳輦何處」一句竟和他為真宗所作的輓詞相和時，神情慘然，接著讀到「太液波翻」時說：「何不言波澄？」隨手將柳永的詞擲到地上。從此以後，柳永再未得到提拔，官位只做到屯田員外郎。

柳永終其一生都未能如意。太多的打擊，太多的傷感，漂泊的生活，不得已的離別，促使他在詞曲的創作中大量鋪敘，用以容納更多的生活內容和感情內容，竟開創了宋代慢詞的先河，成為慢詞的「創始人」和「開拓者」。這不能不說是他人生的一種成功。

以俗為美、雅俗共濟的柳詞

柳永的詞作在當時流傳很廣，也受到較多的評論。許多人認為他的詞作是「俚詞」，很俗的意思，難登大雅之堂。事實上此話卻是片面之語，作為宋代的一位專業詞人，他詞作中那部分高雅之作是不容否認的。

說柳永詞作得俗，是因為他大量運用市民化語言。柳永一生在仕途上始終未能稱心如意，在失意難平中他寄情於歌妓舞女，整日流連於娼館歌樓之中，在統治階級心目中並不重要的柳永卻深受歌妓們的歡迎。她們喜歡他的詞，喜歡唱他的詞曲，見到柳永都要央求他為她們寫一首詞。那些教坊樂工每每得到新的曲調，一定要想辦法請柳永為其作詞，正是這些原因促使他的詞能夠盛名一時，傳唱頗廣，也由此得到了「骫骳從俗，天下詠之」的說法。

功名路上受挫的柳永，放浪形骸於歌妓舞女之中，將感情傾注到風塵女子身上，將精力花費在詞作的創作中，這在當時看來是不務正業之舉。可是他卻擺脫了仕宦子弟高高在上的優越感，和那些下層的人平等相交，那些市井俗樂已漸漸被他熟識、吸收，轉而又被他以詩詞的形式表現出來，語言終究難以擺脫那種近似直白、口語的風格。如〈迎春樂〉：

近來憔悴人驚怪。為別後、相思煞。我前生、負你愁煩債。便苦恁難開解。良夜永、牽情無計奈。錦被裡、餘香猶在。怎得依前燈下，恣意憐嬌態。

整首詞淺白得讓人一目了然，開篇就將一個因相思而憔悴得讓別人覺得莫名其妙的形象展現在你面前，深夜中思來想去，以前種種歡愛盡上心頭。輾轉難眠，不由得嘆道：「莫非是我前生欠了你的這份情債嗎？怎麼想拋都拋不下呢？」詞中沒有典故的運用，沒有仔細斟酌後的痕跡，只如一篇情話娓娓道來。俗是俗了，卻自有一種審美風格。而在〈傳花枝〉一詞中，就更加體現了他的平近之風格，通俗之意境。

平生自負，風流才調。口兒裡、道知張陳趙。唱新詞，改難令，總知顛倒。解刷扮，能（口兵）嗽，表裡都峭。每遇著、飲席歌筵，人人盡道。可惜許老了。閻羅大伯曾教來，道人生、但不須煩惱。遇良辰，當美景，追歡買笑。剩活取百十年，只恁廝好。若限滿、鬼使來追，待倩個掩通著到。

這首詞作讀起來朗朗上口，且又有詼諧之意，想當初人們聽到此歌一定很快唱得大街小巷盡知。這種明白如家常話的詞作，被當時的許多士子文人說成「俚詞」，很是瞧不起，認為是難登大雅之堂的。然而看似不屑，卻在尋歡作樂之時，總是要歌妓們將柳永的詞曲唱將起來。這不能不說是一種自我諷刺。

柳永畢竟是一個士家子弟，從小受到的是儒家思想的教育，這種教育思想下培養出來的知識分子無法完全拋棄那種固有的「文雅」的一面，加上家庭、社會、階層的影響，都使他無法真正流入市民階層，完全世俗化。他生活在這種兩個圈子的相切之處，使他的作品同時帶有兩個階層的審美特徵。他的一些上乘之作，都能恰如其分地達到俗不傷雅、雅俗共賞的境界。

看他的那首久經傳誦的名篇〈八聲甘州〉：

對瀟瀟暮雨灑江天，一番洗清秋。漸霜風淒緊，關河冷落，殘照當樓。是處紅衰翠減，苒苒物華休。唯有長江水，無語東流。不忍登高臨遠，望故鄉渺邈，歸思難收。嘆年來蹤跡，何事苦淹留？想佳人妝樓顒望，誤幾回、天際識歸舟？爭知我、倚闌干處，正恁凝愁！

詞中寫了一個在外遊子的望鄉、懷人、思歸之情，而這一切都化在了暮雨、清霜、冷風、流水之中，每一個景致都在訴說遊子在外的淒苦和孤寂。晚秋清涼的雨絲洗去了空氣中的塵埃。秋風吹過，陣陣涼意襲來，眼中所見的也是一片遮不住的悽涼。昔日紅花都已凋零，一切美好都隨著那流水匆匆逝去了。真的不敢登高遠望，映入眼底的是一片迷濛，看也看不清楚那日思夜想的故鄉、家園，這些年來一直在外漂泊，為的是什麼呢？想家中的愛人一定經常站在樓頭凝望，多少次都誤以為船上就載著她的從遠方回來的愛人啊！而這遊子又何嘗不同樣為思念而愁苦呢！這首詞也同樣寫了「想佳人妝樓顒望」的俗情，但是卻絲毫沒有損傷詞中的高雅韻味。尤其讓人稱道的是他的這句「霜風淒緊，關河冷落，殘照當樓。」寥寥數語即給人以鮮明的形象感，讀之如身臨其境。那高遠雄渾的境界，讓一向看不起柳永的蘇東坡都不由得大加讚賞：「此語於詩句，不減唐人高處！」

這只是柳永將雅俗兩種風格融為一體的一個典型的例子，還有一些以俗為本，俗不傷雅的作品，如〈採蓮令‧月華收〉、〈鳳棲梧‧佇倚危樓風細細〉、〈留客住‧偶登眺〉等等。他的〈戚氏‧晚秋天〉中的「那堪屈指，暗想從前，未名未祿，綺陌紅樓，往往經歲遷延」，竟比附到了屈原的〈離騷〉上去了，所謂「〈離騷〉寂寞千年後，〈戚氏〉淒涼一曲終」，可見已經雅到了何種程度。

這種巧妙的融合，正是柳永的文學功力的獨到之處，看〈雨霖鈴〉俗是俗到家了，然而又有何不雅？

> 寒蟬淒切，對長亭晚，驟雨初歇。都門帳飲無緒，留戀處，蘭舟催發。執手相看淚眼，竟無語凝噎。念去去、千里煙波，暮靄沉沉楚天闊。
>
> 多情自古傷離別，更那堪冷落清秋節！今宵酒醒何處？楊柳岸、曉風殘月。此去經年，應是良辰好景虛設。便縱有千種風情，更與何人說？

這首〈雨霖鈴〉是柳永羈旅行役詞的代表作之一。相傳是他在京城汴梁（今河南開封）

與情人離別時所寫的作品。

此詞上片的意思是：深秋的知了叫得是多麼的急促又淒涼，急驟的陣雨停了，送別的長亭畔夜色降臨。在這京師城門外的帳篷中飲酒話別，情緒低沉多麼愁悶。正留戀不捨，船兒就要出發。拉著手淚眼相望，喉嚨哽咽，默默無言。想這次遠行，將沿著煙波浩渺的千里江水，直到那霧靄瀰漫的南方。

詞下片的意思是：自古以來，多情的人都為離別而悲傷，更何況在這冷落的深秋時節。今晚酒醒時，該在什麼地方啊！也許是晨風淒厲，殘月將落的楊柳岸邊。這次分別，也許要年復一年就是再遇到良辰美景，對我又有什麼意思。即便心中湧起無限的情意，我又向誰訴說呢？

作者在這首詞裡盡情地傾吐蘊藏內心的不堪分離的真情實感，並把人的心緒與當時當地的景物組合在一起，採用層層鋪敘，著意渲染的手法，構成了一幅情景交融、物我相諧的人生寫意圖。

而〈八聲甘州〉雅是雅到了極點，然而又何嘗沒有俗的成分？雅能雅得凝重，俗能俗得淺近，可謂是「曲處能直，密處能疏，奡處能平」（《宋六十一家詞選例言》），運用自如。

但是我們同時也不能否認，柳永的作品中確實有一些俗詞，是圍繞豔情而作，只是為了滿足尋歡作樂時的萎靡氣氛，寫得很露骨，已經失去了文學的欣賞價值，是他作品中的敗筆。

所以我們在評價柳詞時，一定要客觀地看到他以俗為美、雅俗共濟的藝術風格。

「柳七詞多，堪稱鼻祖。」（李漁〈多麗〉詞）柳永的詞作在宋代是流行很廣的，當時西夏一歸朝官員就曾說道：「凡有井水飲處，即能歌柳詞。」當時人認為「詩當學杜，詞當學柳」，可見柳詞在時人心目中的位置。只要他的詞一經傳唱，便被「天下人詠之」，他的詞也產生過很大的影響。當金主完顏亮聽到〈望海潮〉一詞時，被詞中的「三秋桂子，十里荷花」的西湖美景所吸引，竟然舉兵欲奪為己有，柳詞的影響由此可見一斑。

「陽春白雪，曲高和寡」，距離百姓的生活太遠，太高雅的文藝作品往往無法迅速流傳開去，而越接近現實生活，越讓人能從中捕捉到感情上的共鳴點的就越容易讓人接受。柳詞被當時士大夫文人評為「骫骳俗語」，實則卻飽含著濃濃的人情味。那份世俗的感情深深地打動著世俗平民的心。當時的宋朝，政治相對安定，內無憂患，外無侵擾，城市經濟迅速發展，這就引發人們，尤其是市民階層的情感意識的萌生。而這之前的詩文一直不敢，也不願正面地描寫男女戀情。柳永作為多才而失意的下層文人，在功名路上受挫之後，索性「奉旨填詞」，進入到市民階層中。在他平等的愛情意識中，那種小人物的真摯感情是動人心魄的，於是他在詞中毫不避諱地歌詠，使聽者為之動容，唱者為之震動。

人們從他的這些詞中看到了平常人的真性情，這是平淡自然、無欲無求的平民百姓的感情世界。達官顯貴的生活距離他們太遠，握在他們手中的只是這真實的情感和日常生活的快樂感覺，而這一切都為柳永所了解，並且憑他的文才，將其盡情傾吐在詞曲中，一經傳唱開來，就如現代社會的「流行歌曲」一般，大街小巷，盡人皆知。

柳永敢於寫也善於寫這種平常人的生活樂趣，細膩而直接，市民由此發現了他們自己的生活寫照，符合他們的審美需要，適應廣大市民的欣賞能力。這些都為他的詞曲的流傳打下了深厚的基礎。

柳永沒有那些所謂高雅文人的故作清高，生活的遭遇使他由貴族階層落入到了市民階層中，看到了市井俗樂，吸收了市井語言的精妙，如：「匆匆草草難留戀，還歸去，又無聊。」（〈燕歸梁〉）「薄衾小枕天氣。乍覺別離滋味。輾轉數寒更，起了還重睡。畢竟不成眠，一夜長如歲。」（〈憶帝京〉）「每到秋來，轉添甚況味？金風動、冷清清地。殘蟬噪晚，甚聒得、人心欲碎，更休道、宋玉多悲，石人、也須下淚。」（〈爪茉莉〉）這些作品都用了許多近似白話的口語，卻將情感的微妙表達得準確、傳神。淺顯的語言直接進入聽眾的耳鼓，使他們的心靈也隨之震顫。

這些平民終於找到了屬於他們的而不是上流社會的詞曲，他們認同柳永的詞作，也喜歡歌唱這些配了樂的詞曲。雖說柳永有些作品過俗，但平民在平淡的生活中是需要這份「俗」的樂趣的。

此外，柳永因經常混跡於秦樓楚館之中，與歌妓舞女相處為友，寫了許多描寫這些下層婦女的詞作，其中不乏一些豔詞，這也使他的作品經由這些歌妓之口，在各種娛樂場所流傳起來，在無意中又形成了另外一個傳播的途徑。這一切都是能產生「凡有井水飲處，即能歌柳詞」的社會效果的重要原因。

雖說由於這份「俗」氣而為上流社會所不容，使他在人生路上屢屢受挫，但其詞作的廣泛流傳，卻是當時文人和後人所歎服的。

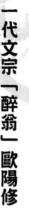

一代文宗「醉翁」歐陽修

歐陽修是我國北宋時期著名的文學家和史學家。他出生於公元一〇〇七年，卒於公元一〇七二年，享年六十六歲。字永叔，廬陵（今江西吉安）人。四十歲被貶滁州時自號醉翁，晚年時又號六一居士。他領導了北宋詩文革新運動，繼承並發揚了韓、柳古文的優良傳統，創作了許多具有獨特風格的散文、詩詞，驅除了當時文壇上浮華新怪的不良文風，不但在文壇上開創了一代新風，而且以自己獨特的風格開闢了新的創作領域。

歐陽修出生在一個世宦的大家族裡。其父歐陽觀雖就任官職，但職低位卑，無非是推官、判官之類的職務。因此，歐陽修也總是說自己家境貧困，出身寒微。父親一生為人敦厚，清正廉潔，因為不會阿諛上司，多年來一直也未能升遷上去。在歐陽修四歲那一年，歐陽觀撒手離開了人世，撇下孤兒寡母無依無靠，母親鄭氏只得帶著他們兄妹三人投奔到在隨州任推官的叔叔歐陽曄家中。鄭氏夫人也是出身於江南名門，她知書達理，賢淑善良。丈夫死後，雖然家居貧窮，她卻守節自誓，注意對子女的教育。當時，在離長江不遠的一條小河旁，她經常用河邊的荻草來教歐陽修在沙土上寫字畫畫，這就是傳誦至今仍然具有一定教育意義的「荻畫學書」的故事。

歐陽修自幼就聰慧敏悟，母親教給他的一些詩歌他早就背得滾瓜爛熟。由於家裡窮，歐陽修買不起書，他就經常去隨州城南一家藏書豐富的李家東園去玩，和李家的孩子們在一起玩耍、嬉戲，有的時候就向他們借閱一些書籍帶回家中去閱讀。他讀書刻苦勤奮，廢寢忘食，常常是一邊讀一邊往下抄寫，有時不待書抄完，歐陽修就已經能夠背誦了。有一次，他到李家去玩，發現在書房內一個裝舊書的破筐裡，有六卷《韓昌黎先生文集》，儘管已經是「脫落顛倒無次序」，他還是借回到家裡誦讀。他一口氣讀到深夜，馬上就被韓愈那深厚而雄博的文筆所吸引。儘管他還年少，並不能完全讀懂韓愈的古文，理解領會其深刻的寓意，但韓愈文章那種「浩然無涯」的氣勢已經使歐陽修深深地喜歡上了，並且愛不釋手。而這也正為他日後能夠摒棄西崑體詩，排斥四六時文，倡導古文運動，革新科舉文風打下了堅實的基礎，也為他在北宋詩文革新運動中成為領導者而播下了一粒種子。

公元一〇二三年，歐陽修十七歲的時候，第一次參加在隨州舉行的考試，試題是〈左氏失之誣論〉。儘管歐陽修寫得很出色，也有佳句被人們傳誦，但終因賦詩脫離了當時的官韻而沒有被錄取。回到家中，他取出舊本《韓昌黎先生文集》，又埋頭重讀一遍，感慨地說：「學者當至於是而止爾！」由於當時科舉考場上流行的是西崑體詩和「時文」，凡應舉的士子們為了走上仕途，根本就沒有人提起韓愈的文章。

兩年之後，歐陽修又參加了第二次應舉考試，他通過了隨州州試，由隨州推薦到禮部。結果，在京師的省試中又沒有考中。

兩次落榜，使年輕的歐陽修心中未免有些沮喪和失望。但是，為了求得在仕途上的發展，考慮自己家貧而別無出路，他只能是屈從於西崑體和「時文」了。後來，他在〈與荊南樂秀才書〉中說：「僕少孤貧，貪祿仕以養親，不暇就師窮經，以學聖人之遺業；而涉獵書史，姑隨世俗作所謂時文者，皆穿蠹經、傳，移此儷彼，以為浮薄，唯恐不悅於時人。非有卓然自立之言如古人者。」這就是說，他之所以曾經學寫作一點「時文」，也不過是為了做官養親罷了。

此時文壇上流行的西崑體詩，無非是晚唐五代以來的浮靡文風的繼續發展。它得名於楊億編的《西崑酬唱集》一書。《西崑酬唱集》是宋初時以楊億為首的，劉筠、錢惟演等十幾個文人，在修書和寫作制誥的閒暇之餘，詩興大發，從晚唐李商隱、溫庭筠等人的作品裡，「挹其芳潤，發於希慕，更疊唱和」，是一部缺少實在內容的點綴生平的詩歌總集。他們把它比做崑崙山上神皇藏書處——西崑玉府的珍品，所以起名叫《西崑酬唱集》。實際上，他們所作的詩大多是用來消磨時光的，他們以詩為樂，或詠前代皇帝宮廷故事，或唱男女愛情故事，有的描寫官僚生活，有的見物而發感慨。這些詩詞內容大多缺乏實際意義，只是片面追求一種形式美罷了。

而同時與這種文風在文壇上並駕齊驅的，還有曾被古文運動擊敗過的駢文，尤其是駢文中的四六文。就連宋君主的詔令也嚴格規定必用它來寫，而後又被劉筠和楊億等人推廣到表章、奏疏和書信當中。四六文在內容上要求用古代聖人和經、傳中的典故，在形式上要求以四言、六言為主要句式，就是對聲律、用詞都有一定的要求，也正是這種外表華麗的駢文可以在朝廷隨處應用，壟斷文壇，而被人號稱為「時文」。

在這兩種文風統治之下的科舉考場，其衡量文章、評價文章質量的標準，我們也就可想而知了。於是，公元一〇二八年，歐陽修不得不帶著自己精心寫成的〈上胥學士偃啟〉，去漢陽拜謁知軍、著名的翰林學士胥偃。胥偃對他的文章竟「一見而奇之」，大加讚賞，把歐陽修留在了自己的門下。

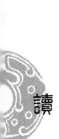

一〇二九年的春天，歐陽修二十三歲了，他在胥偃的悉心指導及大力推薦下，在國子監的考試中，取得了第一名的好成績，並被補為廣文館生。秋天，赴國學解試，再得第一名。一〇三〇年的正月，歐陽修參加了由翰林學士晏殊主持的禮部省試中，仍名列第一。三月，崇文殿御試，歐陽修名列第十四，被選為甲科進士。五月，即被任命為西京留守推官。從此，歐陽修開始了他在政界的幾番起伏。公元一〇三〇年，歐陽修在胥偃的大力薦引下一舉考中了進士而到洛陽去任推官。在洛陽，他陸續結識了一些寫古文的朋友，如尹洙、梅堯臣等，加上他在京城考試時就認識的蘇舜元、蘇舜欽、穆修等倡導古文的朋友，對他的文學創作產生了深深的影響，使他終於打碎了四六時文這塊帶他登上仕途的「敲門磚」，並在公元一〇五七年知貢舉時，力革科舉考場積弊，提拔一大批古文作家，扭轉了當時文壇的風氣，一躍成為領導北宋詩文革新運動的領袖。

歐陽修還非常重視作家的道德修養，認為這是寫好作品的基礎與前提。他強調要學做文，必須先學做人。只有使自己成為仁義的君子，有博大的胸懷，有成熟的道德修養，才能寫出精深高尚的文章來，才能有優秀的文學作品傳於後世。

歐陽修反對那種「捨近求遠，務高言而鮮事實」的文章，反對那種「棄百事而不關於心」的溺於「文」的態度。他認為很多人寫不好文章，其主要原因就在於不關心時事，沉溺於文辭，喜歡說空話。他主張要把文章的內容與人世間的「百事」聯繫起來，用文學反映民間的疾苦，揭露時弊。他是這麼說的，也是這麼做的。他的許多文章都是反映社會現實生活的，在一定程度上擺脫了舊的「道統」觀念的束縛。但是，歐陽修對西崑體詩並不是一味地、全部予以否定，絕對地一概排斥，而是客觀地對其加以分析，然後取其所長，補己所短。他在創作中也使用駢文的句法、章法等手段，保留一些駢偶句型，在講究文章立意深刻，內容貼近現實生活的同時，他還強調形式要雋美，要有情韻。因而，在歐陽修的帶動下，宋代的散文與唐代散文相比有著迴然不同的風韻。

歐陽修作為宋代的文學大家，他在散文、詩、詞等方面有著突出的成就。他的政論性散文直陳時事，針砭時弊，既來源於現實生活又在藝術風格上長於說理，邏輯嚴密，論據充分，有很強的說服力，如〈朋黨論〉、〈五代史伶官傳序〉、〈與高司諫書〉等等；他的寫景狀物、敘事懷友的散文更是用飽蘸著感情的筆墨在敘事寫景中寄寓著深刻的內涵或哲理，從而表現作者的內心世界，語言自然流暢，情真意切，有強烈的感人力量，如〈醉翁亭記〉等。

公元一〇四三年，宋仁宗採納了范仲淹、歐陽修等人提出的改革建議，詔令全國實行改革，這在當時被稱為「慶曆新政」。由於「新政」的措施觸犯了一些保守派的切身利益，遭到了他們的強烈反對，便在皇帝面前攻擊范仲淹、歐陽修等人已結成朋黨，終使仁宗開始產生了疑心。隨著邊境戰事的緩和，國內起義的相繼被鎮壓，天下也已趨於太平。仁宗的心思也就不在改革上了，改革便成了無關緊要的事情。尤其是宋夏和議訂立後，改革措施一律被撤銷，改革派們全部被逐出了朝廷。

公元一〇四五年，歐陽修的外甥女張氏觸犯法律，歐陽修因此受牽連，被朝廷的守舊派乘機打入監獄，他們還在皇帝面前進行毀謗。後來雖經朝廷查明屬於誣告，但仁宗皇帝還是將歐陽修貶謫到滁州去做太守。

滁州（今安徽滁縣）坐落在長江與淮河之間，雖然地處偏僻，卻也青山綠水，風景秀麗。尤其是滁州南面，有一座景致特別優美的琅琊山。早晨，太陽剛剛升起時，樹林間瀰漫著的霧氣便開始慢慢消失；傍晚，太陽一落山，煙雲又重新聚合，山谷開始漸漸幽暗。春天來了，漫山的野花競相開放，散發著淡淡的清幽之香；夏天，茂密的樹林裡是一片片濃蔭遮蔽；秋天，天高氣爽，空氣清新；冬天，霜露潔白，清水低流。歐陽修已經是第二次被貶，心中不免有些惆悵和失望，正是這山間的清風、清澈的泉水、樹林的逸趣，使他忘記了心頭的煩惱，忘記了被毀謗的羞辱，忘記了遭貶謫的痛苦，忘記了自己是太守，不飲美酒時就已陶醉在這水光山色之中，一飲美酒則醺醺大醉，故而自稱為「醉翁」。實際上，這一年他才剛滿四十歲。

據說，瑯琊山上有一座規模還不小的寺廟，廟裡有個住持和尚叫智仙。當歐陽修第一次來到琅琊山時，智仙和尚曾給他介紹了山裡的自然情況及四季景色的不同變換。之後，歐陽修又曾多次到琅琊山來遊覽風光，每到一處，都能看見很多從滁州來的遊客，有老人，有孩子；有飲酒的，也有下棋的。歐陽修經常與遊客們一起喝酒，談天說地，而且往往一喝便是酩酊大醉。

來琅琊山遊玩的人真是越來越多了。智仙和尚為了讓遊人有個歇腳小憩的地方，以便更好地遊覽山川水色，就在瑯琊山間建造了一個小亭子。他請太守歐陽修為這個小亭子題名。歐陽修略微思索了一下，心想：「這裡的山醉人，這裡的水醉人，這裡的美酒也醉人，所有來這裡遊玩的人都陶醉了，何不就叫『醉翁亭』呢！」於是，欣然揮毫題上了「醉翁亭」三個大字。為了記述這「醉翁亭」的由來，他又寫了著名的〈醉翁亭記〉。在這篇僅有五百多字的散文裡，作者以清麗娟秀的筆墨，對滁州四季的景致進行了深入細緻的刻畫，淋漓盡致地抒發了自己陶醉在這美酒和美景之中的那種怡然自得的心情，描繪了一幅歐陽修與民同樂的生動畫面。

智仙和尚聽說歐陽修已經寫完了〈醉翁亭記〉，特意在「醉翁亭」上置辦了一桌素席，宴請太守和幾位滁州的知名人士。席間，大家都想早些聽到他的文章，就連聲催請太守快讀文稿。歐陽修也想趁此機會徵求一下大家的意見，就取出已經準備好的稿子，朗朗地讀了起來。當他讀到「醉翁之意不在酒，在乎山水之間也。山水之樂，得之心而寓之酒也」時，一個紳士拍著手點著頭說：「好，真是千古絕唱，寓意深刻啊！」另一位名士說：「短短百餘字，就已經把醉翁亭的地理位置、形勢和名稱的由來交代得清清楚楚，剪裁得體，鋪排有序，難得，難得，難得！」歐陽修接著念道：「若夫日出而林霏開，雲歸而岩穴暝，……四時之景不同，而樂亦無窮也。」智仙和尚興奮地說：「這段寫瑯琊山的早晚、四季之景，寥寥數語，就把它活畫了出來，真是妙筆！」等到歐陽修讀完了全篇，所有在場的人無不拍手稱讚，都說這篇文章為滁州的山水增色不少，滁州的人民世代都要感謝他。

歐陽修在寫這篇文章時，也頗動了一番心思呢！據南宋朱熹說，有人曾買到了〈醉翁亭記〉的初稿，開篇就序列了滁州四方諸山，有數十字之多，最後定稿時，只剩下「環滁皆山也」五個字。朱熹稱讚這修改是「改到妙處」，僅五個字，已把處於群山環抱之中的滁州的自然景致，極精練、準確地敘寫出來，堪稱不凡。

由於〈醉翁亭記〉精彩的景色描繪和一唱三歎的音韻美，使得它被廣泛地流傳吟誦，以至於吸引了一位太常博士、音樂家沈遵，親自到滁州來觀光、體驗，並根據自己的感受譜成了琴曲〈醉翁吟三疊〉，又叫〈醉翁操〉。節奏跌宕起伏，抑揚頓挫，音律流暢，深受當時的音樂家的稱讚，認為此曲之美「無與倫比」。十年後，歐陽修與沈遵會晤，沈遵還為他彈奏了這支曲子。後來，歐陽修與梅堯臣一起為此曲填了詞，還寫下了〈贈沈博士歌〉。只可惜到現在曲子已經失傳了。

後來，歐陽修又被調到揚州。到滁州接替做太守的是王詔。王詔讀罷〈醉翁亭記〉，深深覺得這篇文章真是太精練、太圓熟了，除了每段都貫穿一個「樂」字以外，全篇竟一連氣用了二十一個「也」字，卻又絲毫不使人覺得囉唆、重復，相反倒使人覺得一詠三嘆，極富韻律美，難怪秦少游說這篇文章是賦體，這種寫法就是在古代抒情散文中也是不多見的。因此，王詔特地請來了當時的大書法家蘇軾，將〈醉翁亭記〉的全文，寫在了瑯琊山的石壁之上，又找了幾名精工巧匠進行了細緻的雕刻，使歐陽修的文章、蘇軾的書法，成為琅琊山自然秀麗的風景之外的又一大人文景觀。

王詔從滁州調走後，唐恪接替了他的職務。這是個追求名利的小人，到了滁州以後，就在瑯琊山上又修建了一個亭子，題名為「同醉」，也寫了一篇所謂的「記」，命人刻在了石壁上，以此來與歐陽修的〈醉翁亭記〉媲美，也想流芳百世。殊不知，這正是「東施效顰」，貽笑大方。

歐陽修的〈醉翁亭記〉以獨特的手法、優美酣暢的語言而流傳千古，至今仍然讓人百誦而不厭，堪稱膾炙人口的佳作。

歐陽修在詩、詞方面的成就雖比不上散文，但在表現個人生活感受，反映社會現實方面也是力克「西崑體」脫離現實的缺點，在標榜韓愈的風格的同時，他又追隨李白、杜甫的文風，形成自己獨特的詩、詞藝術特色。

歐陽修不但是個文學家，而且是個史學家。他曾編撰了《新五代史》，與人合編《新唐書》；就是在經學方面他也有所研究，曾涉足過《周易》、《春秋》、《周禮》等儒家經典；他還寫有《集古錄》，開創了「金石錄」的先河；他寫的《六一詩話》也是「詩話」專著的開端。由此可見，歐陽修真是我國文學史上一位「文備眾體」的大作家。

歐陽修作為北宋時期著名的文學家，不僅僅是以創作散文而聞名，他還是北宋前期詞壇上重要的詞人。現有《歐陽文忠近體樂府》和《醉翁琴趣外篇》兩種版本，共收歐詞二百多首。這些歐詞在當時既擴展了詞的題材，也豐富了詞的表現手法；既繼承了南唐時著名詞人馮延巳詞的精華，又為其後的詞人蘇軾、秦觀在藝術風格上起到開路先鋒的作用。正是這種承上啟下的作用，使歐詞在宋詞發展史上有著不可磨滅的先導之功。

歐陽修的散文或寫景抒情，或思念友人，或直指時弊，大都體現感情真摯、委婉曲折和平易自然、莊重嚴肅的風格，因此，其散文成就在文壇上也可以堪稱最高。而歐陽修所寫的詞作卻迥然不同，一反儒家莊重的面目，大多是寫男女相戀相思的題材，而且還大膽、率真地進行描寫，從而抒發纏綿悱惻的情懷。因此，我們從歐陽修的詞作中，不但可以看到歐陽修的另一副面孔，了解他生活的另一個方面，還可以窺一斑見全豹，使我們了解北宋前期統治者們紙醉金迷、花天酒地、歌舞享樂的生活風氣。

歐陽修的詞不太多，從內容上可分為三類：寫景詞，大部分是被貶流放在外遊山賞水時而作，主要代表作有十三首〈采桑子〉、〈漁家傲・一派潺湲流碧漲〉等；抒懷詞，這部分詞有惜春、嘆老之作，也有思念友人、抒寫離情別緒之作，主要代表作有〈玉樓春・東風本是開花信〉、〈蝶戀花・面旋落花風盪漾〉、〈臨江仙〉、〈聖無憂〉、〈少年遊〉、〈浪淘沙〉等；豔詞，約占歐陽修詞作總數的四分之三。所謂豔詞，無非是指以男女戀情相思為題材的抒情詞。歐陽修之所以創作這些詞，也是與當時的社會背景息息相關的。

歐陽修生活的時代，人們的文學觀念以及文壇上的風氣都是沿襲晚唐五代的遺風，依然認為詩歌比詞要重要、莊重得多，詞無非是樂工歌妓的需要，適用於抒寫男女戀情、風流韻事的帶有娛樂性質的體裁。而且，當時的社會風尚就是以享樂為主，連最高統治者皇帝也對臣子們說：「多置歌兒舞女，日飲酒相歡，以終其天年。」皇帝尚且如此，士大夫們更是有過之而無不及。常常是上朝完畢，就聚在一起飲酒作樂，沉迷於聲色之中，互相比賽作詩填詞來描述自己的風流生活，抒發自己內心的情懷。因此，寫作豔詞可以說在當時蔚然成風。同樣，歐陽修身居官職，擺脫不了這種社會風氣的影響，勢必要作一些這種詞來互相酬唱應答。可見，歐陽修的豔詞創作也是客觀的、必然的，更何況，他本人也曾是個風流人物呢？

歐陽修的一生惜才愛才，尤其是在晚年他知貢舉的時候，運用手中的行政權力獎掖提拔了一大批古文作家，培養了更多的文壇新秀。馳騁文壇的唐宋八大家中，除了唐代的韓愈、柳宗元和他自己以外，其餘五人皆出自他的門下，這恐怕也是亙古絕今的了！

歐陽修在四十多年的宦海生涯中，屢遭貶謫，幾經沉浮，正是憑著他剛直不阿的品德和卓越的領導才能成為一位有所作為的政治家；他提倡的詩文革新運動為北宋文壇繁榮昌盛的局面奠定了基礎，他的突出的文學成就，史學、經學、金石學方面的研究成果以及他開創的「詩話」體裁使文壇內容更加豐富；他帶出的門生，大都成為北宋文壇上叱吒風雲的人物。終其一生，歐陽修實在是無愧於「一代宗師」的美名。

歐陽修痛斥高司諫

公元一〇三四年，歐陽修任西京推官屆滿後，回到了京師。不久，即經王曙推薦、學士院的考核，而升任為負責校核宮廷圖籍的文學侍從官。同他在一起工作的，還有尹洙、蔡襄等人。

此時的宋王朝，正受著內憂外患的困擾。仁宗皇帝為廢皇后、寵新人而弄得疲憊不堪，身心交瘁，根本無心過問政事；而西部夏州的首領趙元昊卻叛變宋朝，宣布獨立，並開始發動了戰爭。慶州一仗，宋軍就被打得落花流水，大敗而歸。仁宗沒有辦法，只得將在蘇州任上的范仲淹調回京城，以應付局面。

歐陽修與范仲淹的結識是在公元一〇三三年的四月，他在洛陽任西京推官的時候，仁宗皇帝想在朝內進行改革，就把范仲淹召回京師，任右司諫。所謂司諫，就是那種掌管規諫諷喻、有權批評朝政時弊和百官任命的官職。歐陽修一向都非常看重這一職務，認為它是關係到天下大事、為天下人負責的官，「非材且賢者不能為也」。這時，他還沒有和范仲淹見過一面，但是，憑著一腔愛國的激情，歐陽修還是用散文寫了一封熱情洋溢的〈上范司諫書〉。在這封信裡，他認為諫官並非位卑等低，而是「與宰相等」，「立殿陛之前，與天子爭是非者，諫官也」。他強調了諫官職責的重要性，狠狠抨擊了傳統中的「待機進諫」論，希望范仲淹能夠向朝廷進言，興除利弊，並勉勵他「思天子所以見用之意，懼君子百世之譏，一陳昌言，以塞重望」。而范仲淹也沒有辜負歐陽修等人的重望，直言進諫，結果真的得罪了仁宗，先被貶到睦州，後移至蘇州。從此，他們二人由相識到相知，范仲淹的「先天下之憂而憂，後天下之樂而樂」的情懷深深震撼了歐陽修，使他在以後的日子，一直追隨著范仲淹，直到「慶曆新政」後，二人先後為北宋的朝政改革事業，付出了沉重的代價。

此次范仲淹從蘇州調回京師時，歐陽修正遭受個人生活的不幸。早在公元一〇三一年，歐陽修二十五歲的時候，娶了恩師胥偃的女兒為妻。夫妻恩愛，情深意篤。不料，兩年後胥氏卻因病去世了。一〇三四年，歐陽修再娶楊氏為妻，誰知，就在第二年，妻子楊氏和他的妹夫相繼染病而亡。這時的歐陽修既承擔著失去親人的沉重打擊，又不忘憂慮著國家的安危，關心朝廷的政事。

公元一〇三六年的五月，在北宋王朝統治集團的內部，展開了一場激烈的鬥爭。擔任吏部員外郎、權知開封府的范仲淹，為了革除弊端，向仁宗皇帝呈上了一張「百官圖」，指著許多官吏的升遷，評論哪一個是公正選拔上來的，哪一個是宰相的私自提拔的，並指責宰相敗壞了宋朝廷的家法。宰相呂夷簡大發雷霆，惱火萬分，在仁宗面前肆意詆毀范仲淹。開始時，仁宗並未為之所動，可是，他們二人之間的衝突越來越激烈。范仲淹連寫四篇論文，針砭時弊；呂夷簡則讒害他「越職言事，離間君臣，引用朋黨」。范仲淹對此進行分析辯論，由於言辭越發地激切，終於又得罪了仁宗，被降職處分，貶到遙遠的饒州（今江西鄱陽）。並且朝廷還張榜告誡在朝的文武百官：不得越職言事。

朝中有一個名叫余靖的官員，給皇帝上書，直陳這種做法不對，也同樣受牽連而被貶謫逐出朝廷。正直的尹洙索性自己說自己是范仲淹的「朋黨」，正等候著被降職罷官，也一樣被呂夷簡逐出了館閣，貶到郢州去做監酒稅。

在這種危急時刻，應該站出來與皇帝辨別是非的，能夠秉公執言、匡扶正義的，也就只有諫官了。可是身為司諫的高若訥，卻膽小怕事，趨炎附勢，他非但不替范仲淹說話、辯白，反而曲意逢迎宰相呂夷簡，竭力詆毀范仲淹。歐陽修真是義憤填膺，氣憤難當，在忍無可忍之下，不顧朝廷「戒百官越職言事」的詔令，置個人安危於度外，連夜奮筆疾書了〈與高司諫書〉。歐陽修開篇從很遠的時候說起，敘述自己在十四年的時間裡，先後三次對高司諫的人品心存疑慮：原以為高司諫是一個大學問家，後來卻發現他「獨無卓卓可道說者」；原以為他是一個正直的君子，可是作為諫官卻「又為言事之官，而俯仰默默，無異眾人」；現在，從實際情況推理來看，歐陽修說「決知足下非君子也」。歐陽修接著寫自己對諫官這一職務的認識，他認為，如果一個諫官因為自己天生的膽小懦弱，或「身惜官位，懼飢寒而顧利祿，不敢一忤宰相以近刑禍」，只能說明他是一個庸才；如果一個諫官「毀其賢以為當黜，庶乎飾己不言之過」，「以智文其過，此君子之賊也」。他說：「足下在其位而不言，便當去之，無妨他人之堪其任者也。」歐陽修在此直言相勸，既然沒有能力擔任諫官，就應該自動離去，讓有能力的人來任此職。在歐陽修的眼裡，高司諫根本就不知道人世間還有「羞恥」二字，即使到了將來，他也一定會使朝廷蒙上羞辱。在信的結尾處，歐陽修已經預料到將要發生的事情，對高若訥大加諷刺，讓高若訥攜帶此書上朝，使天下的人們都知道范仲淹應該被逐出朝廷，這也是你做諫官的一大功勞啊！

歐陽修參與的第一場政治鬥爭，以自己被驅逐出京城而失敗了。由於正值酷暑季節，又缺少馬匹，他只好帶著年邁的母親、寡居的妹妹，匆匆坐船從水路而去。倉促之間，差一點淹死在汴河的激流裡，其沿途的艱難困苦，歐陽修在其《于役志》裡有著詳細的記載。在他走後，厚顏無恥的高若訥竟官運亨通，不久就升任為宰相了。

從公元一〇四五年歐陽修被貶到滁州開始，他先後在揚州、潁州做了幾年知州。一〇五〇年，他又改知應天府，兼南京留守司事。這一時期，他生活在廣大人民群眾之中，充分體察民情，瞭解人民生活的疾苦，因此，他的詩歌也多是寫農民的痛苦生活，寫官府對農民的剝削和官民之間的矛盾衝突，對不合理的社會現實進行了強烈的譴責和鞭撻，具有一定的現實主義意義。公元一〇五二年，歐陽修的母親鄭氏在潁州因病去世了，他迅速從南京返回潁州為母親服喪，並在第二年又把母親的靈柩運回到吉州歸葬，直至一〇五四年的六月，他脫下了孝服，再次來到京師。

這次返回京城，歐陽修真是官運亨通了。仁宗皇帝見到這位慶曆年間的老臣在外顛簸十年竟然是兩鬢斑白，心中不免有些動情。於是，在這年的九月，便任命歐陽修為翰林學士兼史館修撰、差勾當三班院；第二年繼續升任翰林侍讀學士、集賢殿修撰。對此，歐陽修並沒有多大的興趣，尤其是對翰林這一職務，內心十分反感。因為這時的翰林仍是用四六文來起草內制，而歐陽修早在中了進士任西京推官後就已經拋棄了四六文，轉向崇尚韓愈、柳宗元的古文了。因此，他一面極力向仁宗推薦富弼做宰相，一面請求出任蔡州。恰巧，遼興宗耶律宗真病逝，其子耶律洪基登位做了皇上，歐陽修便被仁宗任命為賀使，前往契丹。

歐陽修從契丹返回後，在公元一〇五七年，又被仁宗皇帝任命知禮部貢舉。和他在一起負責這次貢舉的，還有韓絳、范鎮、梅摯等人。他們都推舉梅堯臣為參詳官，也就是小試官。

此時的科舉考場，依然與二十四年前歐陽修參加考試時一樣盛行著四六時文。特別是那些京城國子監出身的舉子們，大都在語言上追求四六文的那種新、奇、怪、僻，並以此在考試當中獲得勝利，所以，人們也把這種四六時文稱為「太學體」文。也正是由於這種「太學體」文在科舉考試中發揮著至關重要的作用，關係著每個參加考試的舉子的前途和命運，它對當時文壇的風氣也就起了相當大的決定性的影響，以至於韓愈、柳宗元的古文也就被冷落在一邊而無人問津了。面對著這種不良文風的日益風靡，歐陽修決心用自己多年來在古文寫作方面的威望和這次知貢舉有權選拔人才的機會，一定要革除科舉考場的弊端，痛抑不良文風，提倡平易自然的古文，從而革新文壇風氣。但他也深深知道，要力矯文弊風險一定會很大，因為京城裡許多有權有勢人家的輕浮子弟都是「太學體」文的支持者，如果他們因為寫四六時文而中不了進士，則一定不會善罷甘休的。歐陽修既已下定了決心，就義無反顧地走下去。他排除一切干擾，嚴申考場紀律，明令考生應試文字要採取比較實用的散文，並對本次考試標準作了明確規定，堅持排斥奇險怪澀、空洞華麗的文章。

在這次科舉考試中，有個名叫劉幾的士人，他非常喜歡玩險怪的文字遊戲，答題的時候，他在試卷中空論一番後寫道：「天地軋，萬物茁，聖人發。」歐陽修看後，在他的文章後面戲謔地批到：「秀才刺，試官刷！」用大紅筆橫著一抹，這名士人便落到了榜下。而當歐陽修看到另一位舉子的答卷〈刑賞忠厚之至論〉後，覺得議論精闢，通達暢快，文風雄渾樸茂，字跡秀挺，筆力遒勁，頗有《孟子》之風，不由得連聲讚嘆：「真是好文章，好文章！此生為天下奇才，該取為第一！」就連梅堯臣看了也建議歐陽修提為第一名！由於當時試卷是密封著的，歐陽修懷疑是自己同鄉門生曾鞏所作，如取為第一，恐怕別人要說閒話，招議論，便放在了第二名的位置上。試卷啟封以後，歐陽修這才發現自己朱筆所批的第二名的文章的作者原來是蘇軾，而不是自己的門生曾鞏，後悔不迭，可又沒有別的辦法，只好如此了。好在後來蘇軾、蘇轍兄弟二人同登進士，也算是給歐陽修一個莫大的安慰。

那些在考場上寫四六時文的舉子們大多都成了榜上無名者，他們對主考官歐陽修恨之入骨，尋找機會要報復他。一天清晨，歐陽修去上早朝。剛走到大街上，這夥人便一哄而上，攔住歐陽修的馬頭，大聲辱罵，恣意鬧事，就連街司邏卒都難以制止。更有甚者，有人居然寫了一篇祭文送到他的家裡，意在詛咒他早該死了。歐陽修勇敢地頂住了這些來自四面八方的壓力，狠狠地打擊了四六時文，進行了一場卓有成效的科舉改革，不但改變了文風，而且選拔出了一批有真才實學的優秀的散文作家，如蘇洵、蘇軾、蘇轍、曾鞏、王安石等等，尤其是他和蘇軾的友誼，更是成為文壇上廣為流傳的佳話。

據說蘇軾中了進士第二名發榜以後，曾寫了一封信〈上歐陽內翰書〉，向歐陽修表示謝意。歐陽修看了蘇軾的信後，高興地對來看望他的梅堯臣說：「讀蘇軾信，不知不覺汗就出來了，快哉，快哉！他可真是天下奇才，我應當迴避這個人，讓他能夠出人頭地，以讓他大顯身手。」他經常把蘇軾的文章拿給同僚們看，並感嘆地說：「只恐到了三十年後，天下的人只知道蘇軾的文章了，而不知道我歐陽修了。」他還派門生晁美叔去拜訪蘇軾，向他學習寫文章。

蘇軾在給歐陽修寫信致謝後，又決定去登門拜謝。歐陽修非常高興。儘管他已是五十幾歲的人了，依然用國士的隆重禮節，迎接了這位才華出眾的年輕人。他讚揚蘇軾是「才識過人，少年高中」；蘇軾則謙遜地說：「學生才疏學淺，還望老大人多多賜教。」歐陽修問蘇軾：「你那篇〈刑賞忠厚之至論〉裡有一句話，不知出自哪裡？」蘇軾忙問是哪一句，歐陽修說：「『當堯之時，皋陶為士，將殺人。皋陶曰「殺之」三。堯曰「宥之」三。』這句出自何處？」當蘇軾告訴他，這句話是從〈孔融傳〉中想出來的時候，歐陽修不由得讚嘆道：

「你可真是善於讀書，善於用書啊！日後文章必將獨步天下。」

果不其然，蘇軾後來終於成了宋代著名的文學家，這與歐陽修慧眼識珠是分不開的。試想一下，如果沒有歐陽修改革科舉制度，沒有歐陽修的極力獎掖和推薦，恐怕蘇軾的才名，天下人也未必都知道吧。

詩文三友：歐陽修與梅、蘇

歐陽修的一生結交了不少文學方面的朋友，這些朋友都給予他或多或少的幫助，而對他的詩歌、散文創作方面影響最大的當屬梅堯臣和蘇舜欽。他們經常在一起互相唱和，談論創作心得體會，交流彼此的經驗，並由此結下了深厚的友誼，一起成為宋詩新風的開拓者。

歐陽修是在他中進士那一年與蘇舜欽相識的。蘇舜欽，字子美，生於公元一〇〇八年，卒於公元一〇四八年，開封人。歐陽修在京城與蘇舜欽及其兄蘇舜元相識後，就對他精美的書法，粗獷豪放的詩歌和散文表示出由衷的欽佩。蘇舜欽曾經在很早的時候就和穆修一起反對西崑體詩和四六時文，他們不顧世俗文人的恥笑，提倡韓愈、柳宗元的古文創作風格，而這又恰恰是歐陽修所喜愛的，因此，他們之間成了文學上的朋友。蘇舜欽二十七歲時才中進士，先後做過縣令、大理評事等小官，儘管官職卑微，但是他敢說敢做，因此，將保守派王拱辰等人得罪而被誣陷，集賢校理被廢掉除名。後來到了蘇州，無事可做，心中憂憤不平，抑鬱而死，死時年僅四十一歲。

蘇舜欽的詩風格粗獷豪邁，指陳時弊，一針見血，直接痛快，毫無隱諱之處，具有一定的社會現實意義。他的詩篇大多反映廣大人民群眾的痛苦生活，反映人民和統治者之間深刻的階級矛盾，但由於總是內心中憤慨不平，故而落筆急切，不太精練，缺乏含蓄平和的韻味，用歐陽修的話說就是「盈前盡珠璣，一一難揀汰」。他死後，歐陽修把他的遺文整理彙總編輯成集子後親自撰寫了〈蘇氏文集序〉。他說：「予為集次其文而序之，以著君之大節，與其所以屈伸得失，以深誚世之君子當為國家樂育賢材者，且悲君之不幸。」在這篇序言裡，歐陽修高度讚揚了蘇舜欽的文學成就，說他的文章就是金玉，即使被糞土埋沒，也不能夠被銷蝕，「必有收而寶之於後世者」。他慨嘆蘇舜欽是生不逢時，一位文學才子竟被棄置冷落而死，實在是可惜可恨；他還拿自己和蘇舜欽進行比較：「子美之齒少於予，而予學古文反在其後」，意在肯定蘇舜欽對北宋詩文改革所做的貢獻。歐陽修在這裡對朋友的不幸英年早逝滿懷著悲傷痛惜之情，同時內心中又深感憤慨不平，因此，寫得情真意切，感人肺腑，也使我們從中窺見其二人之間的真摯友誼。

歐陽修與梅堯臣的結識是他在西京洛陽做推官的時候。也就是從那個時候起，歐陽修與梅堯臣之間保持了長達三十餘年的友誼。而歐陽修的文風也深深地受到梅堯臣的影響。他們曾一起在嘉祐二年力改科舉考場的四六文風，扭轉了北宋文壇的浮華空洞的局面，成為北宋詩文革新運動的領導者。

梅堯臣生於公元一〇〇二年，比歐陽修年長五歲，卒於一〇六〇年，字聖俞，是宣州宣城（今安徽宣城）人。他一生窮困潦倒，未得施展才華，只是做過主簿、縣令等小官。後來，還是由歐陽修推薦其為國子監直講的。他們在洛陽城南的伊水邊相遇，相知並成為至交。當時，梅堯臣恰好三十歲，正任河南主簿，歐陽修一見到他，便被他身上所具有的詩人氣質吸引住了。他們一起暢遊了香山、嵩山，在共同領略大自然的風光中互相交流著彼此的體會和感受，互相學習詩歌創作方面的經驗。梅堯臣尤擅長寫詩歌，歐陽修認為梅堯臣之所以能夠在詩歌領域裡馳騁，主要是因為他官小家貧，更接近苦難的人民群眾，也看透了許多社會現實，是「非詩之能窮人，殆窮者而後工也」。連梅堯臣自己也承認「囊囊無嫌貧似舊，風騷有喜句多新」。

梅堯臣的詩風格平淡，既塑造了鮮明突出的形象，也蘊含著含蓄深遠的意境，恰恰與西崑體詩的浮豔之風形成了鮮明的對比。歐陽修評價他的詩「其初喜為清麗，閒肆平淡，久則涵演深遠，間亦琢刻以出怪巧」。他在與歐陽修論詩時也曾說過：「詩家雖主意，而造語亦難。若意新語工，得前人所未道者，斯為善也。必能狀難寫之景，如在目前；含不盡之意，見於言外，然後為至矣。」

歐陽修第一次被貶到夷陵後，不久又被調到乾德任縣令，接著到滑州做判官。歐陽修在乾德時曾寄詩給梅堯臣，這時的歐陽修心裡孤獨落寞，精神上振作不起來。恰又遇梅堯臣第二次應舉榜上無名，被任命為襄城縣知縣，與謝絳一起結伴來到隆中。乾德離隆中不算太遠，歐陽修正在寂寞之時接受梅堯臣的邀請到隆中相聚。歐、梅二人正處逆境，共同的遭遇又使他們的關係更加密切了一步，他們經常在一起品味、評論新作的詩詞。

梅堯臣還寫了一首〈送永叔歸乾德〉，藉陶淵明的高尚情操和寬廣磊落的胸懷來勉勵歐陽修，稱讚歐陽修的剛直不阿的性格和豁達的氣度。這次相聚，歐陽修不但在文學創作上有所提高，而且在藝術的鑑賞和理論方面也進入了新的階段。他對梅堯臣的詩歌不再是單純地欣賞藝術技巧，而是注重他自己所形成的獨特風格，並虛心地向梅堯臣學習，這是最難能可貴的，而歐陽修也因此形成了自己獨特的詩歌特色。

公元一〇五六年的春天，歐陽修出使契丹回國，梅堯臣也從南方來到了京城。此時的梅堯臣已經是五十四歲的老人了，生活上依然窘困，而歐陽修已經成了皇帝殿前的寵臣，但歐陽修一聽說梅堯臣來了，立即趕往城東的賺河去迎接。梅堯臣非常受感動，作〈高車再過謝永叔內翰〉送與歐陽修。詩中寫道：「世人重貴不重舊，重舊今見歐陽公。昨朝喜我都門入，高車臨岸進船篷。俯躬拜我禮愈下……」歐陽修也還詩一首，表示對梅堯臣的敬重。此後，梅堯臣便和歐陽修在一起為朝廷做事。直至公元一〇六〇年，梅堯臣染病離開人世。

梅堯臣死後，歐陽修心中悲痛萬分，先後寫了〈哭聖俞〉、〈梅聖俞墓志銘〉和〈祭梅聖俞文〉等詩文，並將梅堯臣遺留下來的文稿整理成十五卷，編入了《宛陵集》。對梅堯臣的遺屬們他也是盡心安慰，照顧他們。從此，歐陽修精神上更加孤獨寂寞，加上年老體弱，疾病纏身，在一個秋天的夜晚，悲涼的秋風使他心中無限傷感，遂作一篇〈秋聲賦〉，正是這篇新賦，打破了傳統的舊賦的框架，為宋代詩文革新運動開闢了又一片廣闊的天地。

司馬光：以誠處世，一時名臣

司馬光是我國北宋時期著名的政治家、思想家，也是傑出的史學家。他生於公元一〇一九年，卒於一〇八六年，字君實，是現在山西夏縣涑水鄉人，世稱涑水先生。

其父司馬池曾經官居四品，「以清直仁厚聞於天下，號稱一時名臣」。其母聶氏，也是一個才華、品德都非常好的人。他們家族世代是貴族，雖然也曾家道衰落過，但一直是當地有影響、有地位的大家族。司馬光出生那年，他的父親正在光州光山縣（今屬河南）任縣令，於是，便以出生地給他起名為「光」。

司馬光從小就聰穎過人。六歲時，父親教他讀書，他對書籍產生了濃厚的興趣。七歲時，他開始學習《左氏春秋》，就已經能夠明白書中的意思了，常常是自己剛聽完，便要講給家裡人聽。到了十五歲，他便已經是「於書無所不通」了。他學習非常紮實，刻苦努力，當背書背不會時，別人去玩他也不去，而是一個人坐在書房裡苦苦攻讀，直到把書背得爛熟為止。所以，他所學到的東西一般都是「終身不忘」。

司馬光的父親對其一生有著重要的影響。他不僅非常關心司馬光的學習情況，督促他養成刻苦鑽研的良好習慣，而且非常注意從小事抓起，培養他良好的道德品質。大約是在司馬光五六歲的時候，有一次，他想吃青核桃，讓姐姐替他剝皮，可是姐姐怎麼剝也未剝開。這時，姐姐有事離開了，一個女傭人把青核桃放進開水裡燙了一下，核桃皮就剝下來了。姐姐回來看見了，便問他：「是誰給你剝下來的？」司馬光張口便說：「當然是我自己了。」他的父親知道了這件事，發現他撒謊，就非常嚴厲地訓斥他：「你怎麼能說這種騙人的話！」這件事雖小，卻在司馬光的一生中影響極大。從此，他再也不說假話了，並且把誠實當做他為人處世的根本信條，無論是做官、交友、治學、編書，還是日常生活中，他都嚴格地遵循著這項基本原則，以至於幾十年以後，劉安世在問他待人律己最重要的一點是什麼時，司馬光依然回答：「一個『誠』字。」並且他還告訴劉安世，要從不說假話做起。他是這麼說的，也是這麼做的，因此，才贏得「腳踏實地之人」的美譽。

公元一〇六一年，仁宗皇帝提拔任用他修起居注。雖然是升遷了，可他認為修起居注的人文采一定要好，而他自己在這方面實在是沒有長處，而恰恰他又不願意去從事不能發揮自己長處的工作，因此，他連上五狀，要求辭去這項任命。可無論怎樣，仁宗皇帝就是不準。他沒有別的辦法，只好上任。

第二年的三月，皇帝又提升司馬光為知制誥。所謂知制誥，就是給皇帝草擬製文誥命的職務。這是一個美差，可以經常跟隨在皇帝左右，有許多官員想花重金去買都很難辦到。可司馬光卻很不高興，他認為擔任此項工作的人應該有很高的文學修養才行，而他自己則「自知文字惡陋，又不敏速」，於是到任便開始辭職，第一狀朝廷不答應，他又立即上了第二狀，朝廷仍然是不許，再上第三狀，皇帝便下令不許辭讓。可他去意已決，下定決心非辭不可，冒險又上了第四狀、第五狀……直到第九狀。他在狀中本著誠實的原則對自己的能力進行了細緻的剖析，既不誇大長處，也不隱瞞缺點，實事求是地把自己的情況陳述給皇上，而且，他還怕因自己棄長就短而有辱國家的聲譽，於是向皇帝更是力辭知制誥。終於，皇帝被感動了，收回了任命，改授他為天章閣待制兼侍講。以後，他又三辭翰林學士，又辭去宋神宗授予他樞密副使的要職，並且直到晚年，他也曾反復辭讓高太后授予他的門下侍郎等職。司馬光的辭職並非是虛情假意的謙讓和推諉之詞，而是他根據自己的情況，從實際出發去尋求適合自己專長、善於發揮自己作用的工作，反之，則是無論官爵多高，地位多麼顯赫全都力辭而不接受，也正像他自己所說的：「辭所不能，而不辭其所能。」這種不貪圖安逸、不依附權貴、不羨慕虛榮的精神，不正是他腳踏實地的人格魅力的再現嗎？

司馬光在學識方面也堅持知之為知之、不知為不知的實事求是的作風。有一次，他去夏縣講學，有五六個老人來拜見他，請求他給講一段書。司馬光二話沒說，提筆便寫了一章〈庶人〉給大家講。忽然有個老人提出了一個問題，「從〈天子〉一章往後，每章都引用兩句毛詩，這一章獨獨沒有，為什麼呢？」司馬光聽了，沉思一會兒，才非常謙虛地說：「我還沒有考慮到這裡呢！」幾個老人聽了，笑著走了，逢人就說：「我難倒過司馬光。」而他在編纂《資治通鑑》時更是一絲不苟，謹慎踏實，往往在寫一件事時，要根據三四處的材料綜合而成，有的事情實在是沒有材料、無從考證的，他都標明「存疑」或「兼存或說」，從不武斷，不迴避。正是他這種謙遜、誠實的治學、治史之風，才表現了一個真正的史學家的情操。

司馬光就是在日常生活中，也是以誠實的品德而被人們稱頌的。據說，他在洛陽修書的時候，有一天派人去賣他所騎的馬，臨走的時候，他對去賣馬的人叮囑道：「這匹馬夏天的時候有肺病，如果有人來買它，你一定要先告訴他！」試想一下，如果買主真的知道馬有毛病的話，那誰還會買呢？恐怕從古至今也沒有一個如此實在的賣主吧！

司馬光對待朋友也是以誠相見的。他和王安石曾經同修起居注，他們既是同僚，也是朋友，彼此非常尊重對方，閒暇之餘，還經常在一起聚會。後來，由於他們在政壇上各執己見，意見不同而分道揚鑣。但是，在對待王安石變法問題上，他的態度始終如一，他總是把自己的觀點、意見，在皇帝面前或王安石等人的面前陳述得清清楚楚，而不是在背後搞一些陰謀活動。他和莫逆之交范鎮，也曾因為考正樂律而產生意見分歧，但這並未影響他們二人之間的真摯友情。

司馬光的一生，是腳踏實地的一生，是坦坦蕩蕩的一生，他以誠字為本的工作精神和治學、治史態度，他以誠字為先的交友之道，使他無論是在生前還是在死後，都贏得了人們對他的敬慕，而他也以實際行動，證明了他是無愧於「腳踏實地之人」的讚譽的。

司馬光編修《資治通鑑》

司馬光是我國古代傑出的史學家，他的突出貢獻就在於他所編撰的《資治通鑑》，這既是我國編年體史書中的一部巨著，也是一部了不起的文學傑作。

司馬光年輕時就對史學書籍感興趣，二十歲時，他一舉考中了進士甲科。正當他在仕途上剛剛起步的時候，父母先後病逝，按照當時的禮教，他必須辭去官職回家服喪。於是，司馬光和哥哥一起回到了故鄉。在服喪的幾年時間裡，他讀了不少書，寫了不少評論古人的文章，了解了許多下層社會生活的實際情況。他在對歷史人物和事件進行認真的總結評論時，也在探求歷代統治者在統治方法上的利弊得失，總結經驗教訓，吸取精華，剔其糟粕，為《資治通鑑》的編著工作奠定了基礎。

司馬光不但善於閱讀史書，他還悉心鑽研歷史，勤於思考。他在讀書過程中發現自《春秋》之後的一些史書卷數太多，一個人就是用一生的經歷也難以讀完並說出其大致情況，由此，社會上的讀書人就出現了棄難讀易的不良傾向，勢必導致許多繁難的典籍要失傳的嚴重後果。鑑於此，司馬光便產生了想編一本簡明扼要的通史，便於人們用較短的時間就能掌握歷史發展梗概的念頭。有一次，他對劉恕說：「予欲託始於周威烈王韓、魏、趙為諸侯，下迄五代，因丘明編年之體，仿荀悅簡要之文，成一家書。」可見，這時的司馬光對於著書立說已經是深思熟慮，成竹在胸。於是，在嘉祐年間司馬光開始修《歷年圖》一書，並於治平元年修成，進呈給當時在位的英宗皇帝。從這部書的內容來看，它實際上就是《資治通鑑》的基本雛形。之後，司馬光又用了兩年時間編撰了《通志》，深得皇帝的讚賞。英宗皇帝也是一個非常愛好歷史的人，他下詔命司馬光編歷代君臣事蹟，可以接續《通志》並同意設立書局，由司馬光自己選擇地方、選擇人員。這實際上又為《資治通鑑》的修成提供了一定的保證。書局成立後，地址設在了崇文院，司馬光精心挑選了幾位史學方面的英才，劉恕、劉攽、范祖禹等三人先後成了他的得力助手。他們依據各自的專長實行分兵把口，草擬初稿，最後由司馬光定奪成篇。這樣，既保證了《資治通鑑》的學術價值和歷史價值，也保證了它在政治方面的觀點一致性。最為重要的是，他們在編纂之前，制定了一個共同遵循的編修方法和原則，那就是先作叢目，然後修長編，最後由司馬光勒定成書。這曾被人們形象地概括為司馬光修書三部曲。

一〇六七年，英宗病死。即位的宋神宗也是一個愛好歷史的人，他非常重視歷史經驗，也和英宗一樣極力支持司馬光修書。他即位不久，便將此書賜名為《資治通鑑》，他主要是根據書中的內容認為「鑑於往事，有資於治道」，並親自寫了一篇序文，在第一次讀此書時賜給了司馬光，讓他等書全部完成之時再寫入書中。此時的司馬光，依舊在朝任翰林學士兼侍讀學士，由於公務繁忙，沒有充足的修書時間，所以修書的進度並不快，五年的時間修成七十卷，卻還沒到全書的四分之一。

一〇六九年，神宗任命王安石為參知政事，主持變法，史稱「王安石變法」。司馬光對此是極力反對的，他在給王安石連寫三封書信進行勸說無效後，大失所望，清楚地意識自己不能在朝廷繼續安身了，便請求離開京城。皇帝應允後，他先去了西安任職，於一〇七一年，他又辭去職務來到洛陽，當了一個閒官，決心著書立說了。而實際上，他在洛陽隱居時恰好給他提供了編書的條件，沒有了官場的喧煩，有的只是充足的時間、安靜的環境和各方面的優裕條件。司馬光到洛陽的第二年，便把書局搬遷過來，設在了崇德寺，隨之而來的只有范祖禹一人。劉恕、劉攽都在書局之外進行編修。一〇七三年，司馬光為了修書時有個更好的環境，在洛陽尊賢坊北側買了二十畝地，建成了「獨樂園」。園中設有讀書堂、弄水軒、釣魚庵等景致，是個依山傍水、鳥語花香、清靜優雅的小園林。在這裡，司馬光在從事艱苦、緊張的修書勞動之餘可以自己調節一下，但更多的時候，他還是把自己關在房間裡進行寫作。他常常是早起晚睡，廢寢忘食，對待刪削工作謹慎細緻，精益求精。相傳，司馬光為了時刻提醒自己不得貪睡，就用圓木做了一個枕頭，取名為「警枕」。當他把頭枕在圓木上，進入夢鄉後，只要稍稍一動，「警枕」就會翻滾，司馬光馬上就醒了，並且決不再睡，繼續拿起筆編纂這龐大的著作。朝朝如此，夜夜這樣，十幾年如一日，對於一個已經五十多歲的老人來說又是何等的艱辛啊！

當然，人的精力也是有限的，何況司馬光年事已高。身體的疲勞及眼力昏花常迫使他去到園中休息，放鬆一下繃緊的神經，活動一下乏累的身體，但他時刻提醒自己不要耽誤太多的時間。只有一年春天，洛陽牡丹花盛開的季節，有朋友接連幾日邀他去遊春賞花。一天遊罷回到園中，他的老僕人非常惋惜地說：「您一走就是十幾天，不曾看過一行書，可惜您浪費了時間啊！」一句話，使司馬光感到很慚愧，他發誓再也不出門了。以後，只要有人一邀請他，他便把僕人的話告訴人家，並婉轉地謝絕了。司馬光就是這樣靠珍惜分分秒秒的時間刻苦著書，和他的助手們一起毫不吝惜地奉獻著自己的全部心血和汗水，憑著強烈的事業心，頂著社會上的流言飛語，終於在公元一〇八四年的十一月修完了《資治通鑑》全書。這時，司馬光已是六十六歲的高齡了。他已經累得到了「骸骨癯瘁，目視昏近，齒牙無幾，神識衰耗，目前所為，旋踵遺忘」的地步了，為了這部書，他已耗費了近三十年的心血，就是從書局成立之日算起，還歷時十九年，從隱居洛陽算起，他還艱苦地奮鬥修書十五載。他在〈進資治通鑑表〉中說：「臣之精力，盡於此書」，可見，司馬光已經為這部浩大的史書耗盡了畢生的精力。

《資治通鑑》這部編年體巨著，一共是二百九十四卷，上起周威烈王二十三年（公元前四〇三年），下迄周世宗顯德六年（公元九五九年），記載了一千三百六十二年的歷史。它網羅了眾家之長，包括正史、別史、雜史等三百多種，取材的廣泛性是任何一部史學著作無法比擬的；它記載的歷史最長，文字多達三百多萬字，不但記述了政治史，還涉及了經濟、文化、天文、曆法、地理等諸多內容，史料記載翔實，敘事準確、客觀、完備而簡明；文字樸實、生動，寓意明顯深刻。梁啟超說：《通鑑》的「文章技術，不在司馬遷之下」。

《資治通鑑》自修成之後，不斷受到學者們的推崇、重視和讚譽，不愧為我國文化寶庫裡的一顆明珠。

政治家詩人，宰相王安石

「文章千古好，仕途一時榮」，此話一點兒不假。王安石變法在歷史上轟轟烈烈，但當時以及後來的許多人並不理解他。而歷來不論是擁護還是反對他的政治觀點的人都無法否認他的文學成就。

王安石不僅是我國歷史上傑出的政治家、思想家，而且是傑出的文學家。而作為文學家的王安石其最大的成就是詩，我們談政治家王安石可以不談他的詩，但我們談詩人王安石不可以不談王安石的政治。因為政治是王安石的生命，王安石的一生就是為了實現自己的政治理想而奮鬥的一生。王安石是把文學創作看作餘事的，把文學看成是政治鬥爭的工具。

王安石自幼就熟讀儒家經典和一些史書，熟知歷代盛衰興亡的經驗教訓。他的宗族是由科舉而彰顯於世的，所以他自幼就打算在政治上要有一番作為。一〇四二年，王安石以第四名中進士，不久，任簽書淮南判官，開始走上仕途。他三十多歲在京任群牧判官時，見到了仰慕已久的當時文壇領袖歐陽修，這次汴京會見，歐陽修在〈贈王介甫〉詩裡表達了對王安石的讚賞和鼓勵：

翰林風月三千首，吏部文章二百年。
老去自憐心尚在，後來誰與子爭先。
朱門歌舞爭新態，綠綺塵埃拂舊弦。
常恨聞名不相識，相逢尊酒盍留連。

詩中把王安石比作李白、韓愈，稱讚他抱道自守、不肯與時俯仰的狷介人品。歐陽修比王安石大十四歲，當時已盛名遠揚。王安石對前輩的讚許滿懷感激，但是他在酬答詩中說：「欲傳道義心猶在，強學文章力已窮；他日若能窺孟子，終身安敢望韓公！」（〈奉酬永叔見寄〉）在他看來，韓愈還是文人氣太重。王安石的理想是做孟子那樣的思想家。

他對文學的看法，也是特別強調其實用功能。由於受這種「務為有補於世」的文學觀念的支配和對現實的強烈關注，王安石的詩歌都與社會、政治或人生的實際問題緊密相連。特別是他前期和中期的詩歌。

王安石的詩歌創作長於議論。在漫長的創作道路上，其詩風的變遷軌跡也很明顯，王安石詩作從藝術風格看，可以分為三個時期：三十六歲在京中任群牧司判官之前是前期，其詩崇尚意氣，缺少含蓄；三十六歲到五十六歲的二十年間是中期，藝術上逐漸成熟，形成了自己雄直峭拔而又壯麗超逸的獨特風格；五十六歲罷相退居江寧的十年是晚期，詩風轉為深婉華妙。

現存王詩一千五百三十首，前期以政治詩為主。由於他青年時代宦遊大江南北，長期擔任地方官，接觸面甚廣，所以他能採用樂府傳統，寫出不少揭露時弊的詩作，對社會矛盾和民族危機都毫不隱晦地直書其事，大聲疾呼，辭意激烈，成為他力主變法革新的一種輿論。

皇祐二年（一〇五〇年）他三十歲時，曾奉命伴送契丹的使者到北部邊疆，沿途寫了〈塞翁行〉、〈出塞〉、〈入塞〉等詩篇。他譴責了統治階級對外屈從及給國家帶來的嚴重後果，描寫了邊塞人民盼望祖國統一的迫切心情，也表現了他對宋朝統治者放鬆警惕、廢弛邊界的憂慮。

王安石還深入社會下層，了解民間的生活疾苦，寫出了〈收鹽〉、〈感事〉、〈兼併〉

等批判貪官汙吏的詩篇，對當時社會生活中一些重大問題正面地表述了他的看法。〈感事〉對受到殘酷壓榨的貧苦農民表示了深切的同情，揭示了社會生產力遭到嚴重破壞的現實。王安石寫作的這類作品是很多的，所起的戰鬥作用也是顯著的。

王安石中期的詩有著更為廣闊的題材和主題。他這時正向自己的理想事業奮進，經過艱難曲折的道路，獲得了推行新法的機會。隨著政治事業的變化與文學修養的提高，除了政治詩以外，還有詠史弔古、述懷感舊和酬答贈別等各種題材的作品。在藝術風格方面，有著明顯的開拓。如〈明妃曲〉二首是傳誦一時的名篇。在這兩首詩中，王安石以非常優美的筆觸勾畫出了絕代佳人王昭君的形象，描寫了她的不幸命運和去國懷鄉的深厚感情。此外，詩人也寫了給昭君送行的君王、遠道寄信的家人和途中偶然遇見的河上行人。昏庸的君王殺了畫工，自然無助於挽回王昭君的悲劇，但詩人在這裡卻巧妙地翻了一下案，說昭君生得太美了，原是畫也畫不成，所以毛延壽未免死得冤枉。這樣，既寫出對這一古代美女的不幸遭遇的痛惜之情，又寫出當時漢元帝的昏庸，表明其政治態度。

王安石晚年退居江寧後，流連山水，詠詩學佛，平靜的生活和心境使作品的內容與風格也起了變化。大量的寫景詩、禪理詩代替了前期的政治詩。他傾注全部精力講究藝術技巧，在語言運用上更精湛圓熟了。

一〇八五年宋神宗病逝，王安石苦心經營的新法也接連被廢除，他的病情也隨之加重。一〇八六年王安石抱著滿腔的遺憾與世長辭了。「縱被東風吹作雪，絕勝南陌碾成塵」。王安石雖然仙去了，但他為了自己的政治理想而不屈不撓奮鬥的精神值得我們永遠懷念。

北宋的大政治家王安石，也是唐宋八大家之一。他的散文很多都與政治、思想等緊密聯繫，呈現出了獨特的風采。

就王安石自己說，他並不追求以文學才能見重於時人，而是以自己的政治才能盡忠於朝廷，因而其文學思想和散文創作都帶有鮮明的政治色彩。

王安石在政治上敢於革新，思想上敢於衝破傳統觀念；在文學上，積極支持歐陽修的詩文革新。他反對「以雕繪語句為精新」、「辭弗顧於理，言弗顧於事」的「近世之文」，主張「文以適用為本」。在執政期間，他改變科舉辦法，罷去詩賦，讓學者專學經義，並以新學為準則。可見其反對浮華文詞態度的堅決性。王安石一生為實現自己的政治理想而積極鬥爭，把文學創作與政治改革密切聯繫起來，強調「文者，務為有補於世而已矣」（〈上人書〉）。

其中，王安石的「記」體散文有著相當大的成就。該文體集敘述、描寫、抒情、議論為一體，而且尤其善於議論。如〈桂州新城記〉通過儂智高叛亂時的桂州不守，到平息叛亂後不到一年又建好桂州新城，說明要守住城，使狄夷不能窺其中國必須要有善法、賢人和守衛工具的道理。〈信州興適記〉則說明州縣官吏要「有學」的道理，否則即使不是貪官汙吏，但因「救災補敗」無措施，也會給百姓帶來不幸，官吏還沾沾自喜，而「民相與誹且笑而不知」。這些文章，與蘇軾的抒情與議論並重、充滿情韻的「記」體散文不同，而是呈現出鮮明透闢、樸素無華的特點。

王安石的散文成就最大的，是議論文與墓志銘。他以議論文為實現自己政治理想的工具，參加當時的政治鬥爭。他直陳政見，揭露時弊，議政說理，論辯駁難，顯得得心應手，遊刃自如。

王安石議論文中議論峭刻、觀點鮮明、分析透闢、行文尖銳，表現出了他作為政治家、思想家所特有的眼光和高遠見識，極具針對性與說服力。〈本朝百年無事札子〉這篇給神宗的奏文，先敘述並解釋了宋初百餘年間太平無事的情況與原因，然後揭示出當時社會上危機四伏的情況，闡明了變法改革的必要性和迫切性。最後指出：「大有為之時，正在今日。」希望皇帝能有所作為。該文為第二年開始的變法運動起到引導與鼓吹的作用。〈答曾公立書〉說明為什麼青苗錢要收二分利的道理：「然二分不及一分，一分不及不利而貸之，貸之不若與之。」他先退一步說，二分利不如一分利，一分利不如無利，無利不如白送。然後筆鋒突轉：「然不與之而必至於二分者何也？為其來日之不可繼也。不可繼，則是惠而不知為政，非惠而不費之道也。故必貸。然而有官吏之俸，輦運之費，水旱之逋，鼠雀之耗，而必欲廣之以待其飢不足而直與之也，則無二分之息可乎？」先不看推行青苗法的種種弊處，單就其收二分利的道理來講，不能不說是明晰透闢的。這與他多年從政做地方官，並親自搞過青苗法的實踐是分不開的，這就是政治經歷在文學中的運用。

在他的駁難文章中，更加表現出了王安石議論文所向披靡的鋒芒。如〈答司馬諫議書〉有力地回擊了保守派的領袖司馬光。當時新法在激烈的爭論和鬥爭中迅速催生，司馬光寫信給王安石，以老朋友的身份，用勸勉、威脅的口吻，試圖阻撓改革的進行。而王安石則在簡短的三百五十多字的回信中有力地駁斥了司馬光對新法的歪曲和誹謗。文中不僅對司馬光所提出的四點責難：侵官、生事、徵利、拒諫，逐一作了批駁，而且對「怨誹之多」的原因作了精彩的剖析。最後對司馬光的「未能大有力」的責難，明說是「知罪」，實際上是巧妙地給予了反擊。這種駁論沒有糾纏在具體的申辯中，而是站在更高的立足點上，從雙方的根本分歧出發，點出對方的觀點不值一駁，因而不費唇舌，對方便無話可答。文章言簡意賅，措辭委婉而堅決，表現了對保守派鬥爭的那種決不妥協的精神，反映出了他銳意改革的堅定決心。

與其他散文名家相比較，王安石散文的特點是邏輯性強，論證嚴密，立意新穎，語言簡樸，繼歐陽修等人所開闢的古文運動之後，進一步擴大了散文體的影響。但其文常具說服力而不注重感染力，缺少形象性，枯燥單薄，遜色於「韓潮蘇海」。這些是和他作為政治家、思想家的特點分不開的。

總之，王安石這位政治家的散文，以議論說理見長，對社會現象往往具有深刻的觀察和高超的見解；簡古勁健、瘦硬通神，在諸大家中獨樹一幟，對提高政論和史論的藝術價值提供了豐富的創作經驗。人們很少能夠看到王安石將心力用在人物形象的塑造和自然景物的描繪方面，但卻時時地接觸到說服力很強的、精警的議論。在這些議論裡，顯示出了他熱情救世、剛強不屈的精神風貌。同時，與這種內在的特性相適應的是，王安石散文中語言簡練、筆力雄健、風格峭刻這一特點，深深地影響了後世的梁啟超、嚴復等政論家。

王安石辭官歸隱金陵

王安石作為北宋時期傑出的思想家、政治家和文學家，在中國歷史上的影響是很大的；尤其是他作為中國封建社會的改革家，提出了許多振興國家的政見，值得後世廣為學習和研究。只是他的變法由於主觀和客觀多種因素以失敗告終。王安石於宋神宗熙寧九年第二次罷相後，一直歸隱金陵，最後因保守派司馬光的上臺而鬱鬱終老。

王安石一生都在為自己的政治理想積極奮鬥，也得到了皇帝的重用，但最後還是退隱老家，這當然是因為變法的失敗。這裡，我們不妨從王安石消極思想的發展變化來看他的歸隱。

被神宗重用之前，王安石有二十多年的仕宦生活。這使他看到了現實中的種種弊病，也積累了豐富的政治經驗。其間，他對勞動人民生活的困苦深切同情，對官場的黑暗無比憤慨。他曾寫道：「賤子昔在野，心哀此黔首。豐年不飽食，水旱尚何有！雖無剽盜起，萬一且不久。將愁吏之為，十室災八九。原田敗粟麥，欲訴嗟無賕。」（〈感事〉）詩中尖銳諷刺了貪官酷吏的醜行。面對這樣的現實，王安石立志為民謀利，從不畏怯。他寫道：「聞富室之藏，尚有所閉而未發者，竊以謂方今之急，閣下宜勉數日之量，躬往隱括而發之，裁其價以予民。」可見，王安石敢於觸動地主階級的利益，毫無懼色。他也的確有過許多為人民造福的政績，為他贏得了很高的聲譽。但王安石也在這個過程中，深深感受到改革社會現實，實在是艱難之舉。

嘉祐四年（一〇五九年），王安石寫了有名的〈上仁宗皇帝言事書〉，全面分析了當時社會的種種弊端，並對此提出了符合歷史發展規律的真知灼見。但是，仁宗懦弱老朽，士大夫苟且偷安，王安石自身地位不高，並沒產生多少反響。他寫道：「變今嗟未能，於己空自咄。流波亦已漫，高論常見屈。」詩中充滿了改革難成的苦悶和失望。

嘉祐八年（一〇六三年），仁宗去世。王安石的母親也卒於京師，這給王安石帶來了巨大的悲痛，使他深刻感受到人生失意的無奈；再加上好友王回的病逝，更增添了他的世事無常之感。他寫道：「嗚呼，天乎！既喪吾母，又喪吾友，雖不即死，吾何能久？」

因為仕途的艱難，親情的打擊，王安石開始厭倦京官生活，留在江寧收徒講學，遠離了京師。

但此時，王安石並沒有放棄自己的理想，他只是缺少發揮才能的機遇。治平四年，神宗久聞王安石的雄才大略，召他入京擔當改革重任。本已退隱官場的王安石，重又鼓起變革社會、救治國家的熱情和勇氣，雄心勃勃地投入變法運動中。

但令人遺憾的是，王安石任宰相後的一系列新政，使那些擁護他、對他寄予厚望的朝野士大夫大失所望。由於變法，王安石眾叛親離。這對於他來說，無疑是件傷心事。而固執的王安石繼續堅持他的政策。但由於他過於急功近利，新政並不得民心，又觸動了大地主大官僚的利益，變法失敗。

此時，王安石壯志未酬，孤立無援，使舊有的消極思想再次發展起來。他寫道：「黃塵投老倦匆匆，故繞盆池種水紅。」並一再向神宗請求告老還鄉。於熙寧七年回到江寧。此時，王安石仍然關心國事，常通過私人關係發表自己的意見。但由於變法派內部的矛盾，王安石已經很是灰心，勉強復任後第二次罷相，並辭去一切官職，隱居鍾山，再沒有被起用。

通過以上的分析，可以明晰，王安石是在挫折中逐漸失去奮鬥熱情，最後歸隱金陵的。這是一個改革家的艱苦歷程，也暴露了他自身的一些弱點。那麼，王安石隱居後的生活又是怎樣的呢？

王安石本是個有遠大抱負、有膽識、有謀略的政治家，因此，雖然告老還鄉，內心仍在牽掛他未完的政業。這種人生痛苦的磨礪是需要時間來慢慢消解的，完全適應閒適的隱居生活並不容易。為了讓自己內心的鬱悶和不平排解開去，王安石歸隱後開始學習佛學，他希望用超然的心態安度餘生。同時，他在詩歌創作上也改變了以往政治詩的主調，開始寫一些蘊藉、富有意境的詩。

多年政治生涯追尋奮鬥之後，王安石終於有機會閒居家中，遊覽各處，寄情水光山色。他還常常跟幾個小童與鍾山寺的和尚交往，這也是他有心向佛的一種表現。當然，功業未就的政治家，也免不了有時寫幾首感懷之作，表達內心的惆悵。

如果說到藝術成就，較突出的應是那些登臨懷舊、贈答應和的近體詩。如「杖藜緣塹復穿橋，誰與高秋共寂寥？佇立東風一搔首，冷雲衰草暮迢迢」，格調淒涼蕭瑟，塑造了一位飽經風霜、登臨傷懷的老人的形象。人們熟悉的〈書湖陰先生壁〉，更是膾炙人口，這首詩就是王安石訪友途中即興所作。

一日，王安石訪友歸來，途經一處濃蔭密樹、紅簷掩映的農舍。他被那種夏意盎然的野趣所激發，產生一股不能扼制的詩興。怎奈離家尚遠，正是如鯁在喉，不吐不快。正巧前走不遠處是他的朋友湖陰先生的住所。湖陰先生立於門口乘涼，一見王安石那種激情難捺焦灼的樣子，就知道他這是靈感忽至，文思泉湧了。於是，邀安石入院，取來文房四寶，以解「燃眉之急」。王安石提筆即書，一蹴而就，寫成一首七絕：

茅簷長掃靜無苔，花木成畦手自栽。
一水護田將綠繞，兩山排闥送青來。

湖陰先生一看，拍手叫絕。讚他是「詩中見畫，畫出如照」。

王安石歸隱金陵的日子，總體是悠然自得的，但在這種賦閒的生活中，王安石的急躁性格倒是顯得非常有趣。據說，他出門的時候，總是帶著書，坐在驢背上，中途休息時看。簽署姓名時，總是匆匆寫上一個「石」字，由於寫得特別急，往往好像一個「反」字。可見，政治家的雷厲風行，體現在日常生活細節中也是一貫如此的。

歸隱金陵後值得一提的，是他的一部研究字的書《字說》。這已是王安石的一樁夙願。由於工程繁瑣，一直沒有精力投入。晚年的王安石，終於以超凡的韌性和他平素一點一滴的積累，完成了這部著作。

《字說》寫好後，經由皇帝許可，頒行天下，影響很大。許多讀書人爭相研習。而且紛紛去請王安石為之作講解。王安石往往非常高興，聲情並茂、滔滔不絕地講述。

縱觀王安石的一生，他前半生在仕途上拼搏奮戰，一心變法，為國為民，既操勞辛苦，又要承受眾叛親離的孤獨。歸隱後則致力於教門徒、做學問，但仍然心繫國事，憂國憂民。我們只能為這位大家的變法失敗感到遺憾，並從中接受教訓了。

亦友亦敵：王安石與司馬光

王安石和司馬光都是我國歷史上著名的政治家。王安石，字介甫，晚年號半山，宋撫州臨川人。司馬光，字君實，宋陝州夏縣人。兩人生活的時代相同，都正值北宋衰落時期。

王安石和司馬光曾經是好朋友，交情還很深厚，兩人有許多相似之處。兩人都聰穎好學。王安石幼時讀書過目不忘，作文落筆如飛，初看他似乎漫不經心，寫完後，讀起來讓人拍案叫絕。王安石科舉及第後做淮南判官，他經常通宵達旦地夜讀，有時就伏案小睡，天亮後來不及梳洗就匆忙赴府，以致知州懷疑他晚上喝酒放縱。王安石晚年在寫《字說》時，也在案几上放些石蓮，一邊思索一邊咀嚼石蓮，石蓮沒了，忘記續放，便咬起手指，以致手指流血都沒發現。大家都知道司馬光砸缸的故事，可見司馬光小時候就比一般人機智聰慧。司馬光七歲時，聽人講《左氏春秋》，非常喜歡。回家後，就能給家人講解其大義。司馬光曾經用一段圓木做枕頭，睡覺時稍微一動就醒，醒後即起床讀書、寫文章，名曰「警枕」。

兩人都志向遠大。王安石青年時代就對政治很感興趣，常以太平宰相自許。歐陽修在贈他的詩中將其比為李白、韓愈這樣的文學家，王安石卻說：「他日若能窺孟子，終身何敢望韓公？」可見其志。王安石認為為文要「務為有補於世」。司馬光開始做官時，年紀還不大，家人常常看見他在書房中忽然正襟危坐，手執官服。家人問他這是幹什麼，他說：「我時念天下事，以天下安危為念也。」

兩人都嚴於律己。王安石患哮喘病，必須用紫團人參這種藥，到處求藥得不到。一次，有人送給王安石一些，王安石卻不肯接受。有人勸他說：「您的病只有這種藥才能治好，您應該收下它。」王安石說：「平時我不吃紫團參，不也活到今天嗎？」他堅決推辭，沒有接受。又有一次，王安石從江寧卸任，他的夫人借用了官府的藤床，十分喜愛，就不想歸還，使郡吏左右為難。王安石知道夫人好潔成癖，於是想出一計。一天，王安石光腳上床，仰臥良久，一句話沒說就離開了。他的夫人看見後，明白了他的用意，急忙命令僕人還床。另外，王安石在文學創作上也不馬虎。詩句「春風又綠江南岸」的「綠」字，就是幾經推敲才定下來的。司馬光在各方面對自己要求也很嚴。有人勸司馬光買一個侍女，司馬光說：「我平時都不敢多吃魚肉，衣服很少穿綾羅，怎麼能花費這麼多錢買一個侍女呢？」當時的洛陽有一家姓王的富戶，府第非常豪華，中堂起屋三層，最上一層叫朝天閣，名氣很大。那時，司馬光也住在洛陽，但所住之處只能遮蔽風雨，還是地下室，他仍然在裡面讀書。洛陽人都說，真是「王家鑽天，司馬入地」。司馬光自己說：「平生所為，未嘗有不可對人言者。」這句話其實對他和王安石都適用。他倆確實是心正意誠，光明磊落。

兩人都知過即改。王安石在改正經義札子時，曾解〈七月〉詩「剝棗」一詞，認為是「剝其皮而進之養老也」。但有一天，王安石到老農家，問主人哪裡去了，回答說：「打棗去矣。」王安石聽後，悵然若失，知道「剝」即「打」，回來後立即在自己的書上作了改正。司馬光在西京時，太守文彥博常邀他攜妓遊春。一天來到獨樂園，園吏對司馬光嘆息，司馬光問他為什麼，園吏說：「方花木盛時，公一出數十日，不唯老卻春色，也不曾看一行書，可惜呀！」司馬光深感慚愧，發誓再不復出。

此外，兩人都舉薦賢才，勤為政事。當然，兩人也有許多不同之處，而且有時分歧很大。

王安石與司馬光曾經同為群牧判官，包拯為使。一天，群牧司牡丹花盛開，包拯置酒賞花，席間相互勸酒。司馬光平時不喜歡喝酒，今天也只好勉強喝點。王安石卻始終不喝，包拯也拿他沒辦法。司馬光說：「我從這件事，看出了你做事真是從不屈就。」由此看出，王安石堅決得有點兒固執，司馬光儘管嚴謹，有時也可以通融一下。

從政之餘的建樹，兩個人也不盡相同。王安石既是傑出的政治家，也是一位成就卓越的文學家。他主張文章以「適用為本」。其散文多直指時弊，見識高超，筆力雄健，是唐宋八大家之一。其詩長於說理，語言精練，意境含蓄。晚年詠物小詩精巧凝練。王安石的詩風對後來以黃庭堅為首的江西詩派的影響很大。其詞創作，數量不多，卻清新剛健，一洗五代舊習。司馬光從政之餘的主要成就在治史方面，他同時也是我國歷史上一位偉大的史學家。司馬光常常顧慮歷代史事紛雜，君主不能一一閱讀。為了統治者便於借鑒歷代興亡治亂的教訓，他撰《通志》八卷進奉，英宗十分高興，還設置機構，讓他繼續編撰。後來神宗命名此書為《資治通鑑》，親撰序文，每日閱讀。

王安石和司馬光最大的不同，也是二人分歧的焦點，是政治方面。兩人政見不合。

王安石出生在一個中下層官吏的家庭，在政治上代表中小地主的利益，力主變法圖強，被列寧譽為「中國十一世紀改革家」。王安石政治思想的哲學基礎是樸素的唯物主義。他對「五行」做了新的解釋，認為五行是物質性的，「太極生五行，然後利害生焉」（〈原性〉）。王安石政治思想的主要內容和目的是，通過理財和整軍兩方面的改革，富國強兵，抑制兼併。為此，他提出了青苗、農田水利、免役、市易、均輸等新法，大刀闊斧，積極推行。新法的實行，確實收到了富國強兵的效果，促進了宋朝在一定程度上的進步，維護了封建統治。但是，王安石的變法也有一定的局限性。其理財之法，雖為朝廷開闢了財源，同時也帶來了聚斂病民的後果。其新政實施，雖在客觀上打擊了豪強，抑制了兼併，但從根本上說並不反對封建等級制度，只是緩和一下當時的階級矛盾。

司馬光是舊黨的代表，在政治上維護大地主階級的利益，反對王安石變法。司馬光政治思想的哲學基礎是唯心主義。他認為天地萬物永遠不變，以此得出「祖宗之法不可變」的守舊觀念。司馬光政治思想的主要內容是民本主義，忠君愛民。他極力主張廢除新法，恢復舊制，以維護封建統治。司馬光的政治主張是保守的，是為維護大官僚大地主階級的利益服務的。當然其中也有一些積極的內容，如主張愛民、「使九州合為一統」等。

以王安石為代表的新黨和以司馬光為代表的舊黨在當時統治集團內部展開了激烈的鬥爭。司馬光攻擊王安石「侵官、生事、徵利、拒諫，以致天下怨謗也」，指責王安石的「天命不足畏，祖宗不足法，流俗不足恤」的觀點。司馬光在給王安石長達三千三百餘言的信中，指斥新政，不遺餘力。王安石在〈答司馬諫議書〉裡，據理力辯，嚴加駁斥。王安石對士大夫苟且偷安、因循守舊的思想加以揭露，針鋒相對。圍繞是否應該變法，雙方爭論激烈，並且在官場都幾度沉浮。

宋哲宗元祐元年，即公元一〇八六年，王安石和司馬光先後離開了人世，結束了兩人亦友亦敵的一生。

貧病交加的短命詩人王令

三月殘花落更開，小簷日日燕飛來。
子規夜半猶啼血，不信東風喚不回。

北宋詩人王令，就像啼血悲歌的子規鳥，呼喚著政治的清明，尋覓著青春的美好。然而，在冷酷的封建社會，貧苦的他卻只走過二十八個春秋。

王令（一〇三二—一〇五九年），初字鍾美，後改字逢原。他出生在一個貧困的家庭，父親只做過鄭州管城縣主簿，母親在他小時候就去世了，父親也在他五歲時撒手人間。父母早亡，也沒有給他留下一點值錢的東西，無家可歸的小王令被寄養在揚州的叔祖王乙家中。

因為揚州又名廣陵，所以人們一般都稱王令是廣陵人。

少年王令聰明好學，白天和小朋友一起玩耍嬉戲，晚上就挑燈夜讀，常常是徹夜不眠。到十二歲時，王令就把《詩經》、《尚書》等儒家經典熟記於心了。他幼時寄人籬下，並沒有得到細緻入微的關心和照顧，可是他卻是個熱心腸的人，喜歡打抱不平。比如他看到街坊鄰里有困難就主動上前，對倚仗權勢欺壓百姓的人也能當面指責。就這樣，在缺少關愛的生活中，很少有人告訴他應該怎樣做，王令漸漸沾染了一些遊俠的習氣。一次，他在老師滿建中家學習時，建中弟弟執中真誠勸告王令要努力學習，好好做人。他備受感動，從此閉門苦讀，學識進步很快。

王令本來有一個已經出嫁的親姐姐，生活雖不富裕，但總可以勉強度日。慶歷八年（一〇四八年），姐夫突然去世，拋下了孤兒寡母。知道消息後，十七歲的王令毅然離開王乙的家，挑起了供養姐姐一家大小的生活重擔。他在瓜洲自立了門戶，將姐姐和孩子都接過來，深曉孤兒生活的王令希望給姐姐和孩子們更多的關心和愛。

為了養家糊口，無權無勢的王令做起了塾師。因為他學識淵博，又重情義，所以主人都很敬佩他，對他也是十分照顧。十八歲那年，他到天長縣姓束的家中做老師。束老敬慕他年輕好學，又憐憫他家境貧困，就主動幫他多招幾個學生。王令十分感激老人，就作〈答束孝先〉詩：

……

君家兄弟賢，我見始驚伙。
文章露光芒，藏蘊包叢脞。
關門當自足，何暇更待我？
固知仁人心，姑欲恤窮餓。
苟論才不才，自合棄如唾。

……

從此，王令在東家一邊認真教書，一邊刻苦學習，並開始了為期十年的詩文創作。

在封建社會，科舉考試是知識分子步入仕途的必由之路。而在北宋，統治者更是利用科舉考試來籠絡知識分子，所以每逢科舉之時，都有數百甚至上千人參加。面對這種時局，年僅二十一歲的王令保持著清醒的頭腦。他認為科考是「從世成依違」，而他「有志徇孔姬」。所以他不願意參加進士考試。儘管他不慕虛名，但是王令心中卻有著遠大的政治理想。他的〈感憤〉詩中就充滿了建功立業的豪情：

二十男兒面似水，出門噓氣玉蜺橫。
未甘身世成虛老，大見天心卻太平。
狂去詩渾誇俗句，醉余歌有過人聲。
燕然未勒胡雛在，不信吾無萬古名。

王令身居草野，依靠做私塾的微薄收入供養全家，飽嘗了下層人民生活的艱辛和窘迫。然而他不慕名利，堅持操守，堅決不入仕途，可以說是當時知識分子群中「眾人皆醉，唯我獨醒」的人物。

至和元年（一〇五四年），王令到高郵軍教私塾，並且認識了品行端正的王安石。兩人一見如故，成為忘年好友。王安石十分欣賞王令的為人和才學，就把他介紹給孫覺、方回等人，王令的名氣也就漸漸大了起來。隨著他知名度的提高，一些沽名釣譽之人便前來巴結，秉性耿直的王令十分討厭這些勢利小人，也不願藉機討好權貴。他為了避免與趨炎附勢之人接觸，就在自家門前大書道：「紛紛閭巷士，看我復何為？來則令我煩，去則我不思！」

至和二年，高郵軍知軍提點淮南刑獄邵必看重了王令的品行和才學，就多次請他做高郵學官。王令再三推辭不下，勉強接受了聘請，可不久他就辭職不幹了。邵必留不下他，就把一筆盤纏送給王令，他說什麼也不要，隻身回到天長縣束家教書，過著一貧如洗的生活。

王安石一直欣賞王令，也很關心他的生活，並在他二十六歲時為其說定一門親事。王安石經常與王令共議國家政事，王令也為王安石出了不少好主意。然而不幸的是，未及王安石變法，這位才華橫溢的詩人就在二十八歲時離開了人間。

王令一生貧病交加，但他始終沒有停止詩文創作，共留下了七十多篇散文和四百八十多首詩歌，奠定了他在宋代文壇的地位。

烏臺詩案與文豪被貶

北宋元豐二年（一〇七九年）七月二十八日，朝廷突然派官員皇甫遵來到湖州，將剛任太守三個月的蘇軾像捉雞鴨一樣抓走了，旁觀眾人無不震驚。這就是著名的烏臺詩案。

烏臺詩案的起因，是蘇軾調任湖州時寫了一篇〈謝湖州上表〉，表中流露了一些不滿情緒，說神宗現在重用的那些人是一幫小人。當時朝廷政治鬥爭非常激烈。王安石變法時，遭到以司馬光為首的元老重臣的反對，只好起用了一些支持自己的人。這些人中，有不少並不是想為國家出力，只是想藉機飛黃騰達，滿足一己私慾罷了。如御史李定，他為了能不離開京城，不失去做官的機會，竟然隱瞞母親已死的訊息。這在封建社會是大不孝，是很讓人看不起的。蘇軾就曾上表彈劾過他，因此他對蘇軾懷恨在心。

這次，蘇軾被變法派排擠出朝廷，任地方長官，自然難免有一些牢騷話，「新進」、「生事」等語刺痛了這些借變法向上爬的小人，他們本來就恨蘇軾，一看到這個表章，更是把蘇軾視為「眼中釘，肉中刺」，一日不除去，他們就一日不得安寧。

於是他們找來了蘇軾的幾首詩，牽強附會，羅織罪名。如〈山村三首〉之三：「老翁七十自腰廉，慚愧春山筍蕨甜。豈是聞韶解忘味？邇來三月食無鹽。」這首詩反映了山區人民吃不到鹽的問題，情況是完全屬實的。可是卻被李定等人誣為諷刺新法中的鹽法。又如被列為訕罵新法的〈八月十五看潮五絕〉之一，更是與新法毫無關係：「吳兒生長狎濤淵，冒利輕生不自憐。東海若知明主意，應教斥滷變良田。」作者有感於吳兒弄潮溺死而作此詩，卻被誣為攻擊農田水利法。

御史李定等人四次上表彈劾蘇軾，非要追究蘇軾的過錯不可。神宗皇帝本來沒有這個意思，卻經不住御史們三番五次對蘇軾的圍攻，只好派太常博士皇甫遵去拘捕蘇軾。

駙馬都尉王詵是蘇軾的好友，他一聽說這個消息，馬上派人告訴了蘇軾的弟弟蘇轍，要他火速通知湖州的蘇軾。皇甫遵日夜兼程，其行如飛，蘇轍派出的人本來是趕不上的。幸好皇甫遵到了潤州，兒子突然生了病，求醫診治，耽擱了半天，這樣蘇軾才在他到達之前，就知道了這一消息。可是他不知道自己的罪名究竟有多重，很有些害怕。

皇甫遵一到湖州，就直奔湖州公堂。他身穿官袍，手拿笏板，十分傲慢地對公堂中的差人說：「讓蘇軾出來見我。」他手下的兩個士兵也都是頭纏黑巾，肩寬膀闊，樣子非常嚇人。太守官衙中的人都慌做一團，不知會有什麼事發生。蘇軾不敢出來，就與通判商量。通判認為他躲避使者也沒有用，還是得按照禮節迎接。蘇軾只好穿上官衣官靴，走到庭院中，面向官差而站。皇甫遵就在他對面，可是就像沒看見他一樣，一句話都不說，臉上的表情異常冷峻，氣氛緊張極了。蘇軾只好先開口說話：「我知道自己得罪了朝廷，一定是死罪。我死不足惜，但是請求能與家人告別。」這時，皇甫遵才說：「並沒有這麼嚴重。」通判邁了一步上前道：「相信必有公文。」皇甫遵厲聲問：「他是何人？」當得知是通判後，才正式交出公文。打開一看，原來只是一份普通公文，免去蘇軾太守職務，傳喚進京而已，大家這才鬆了一口氣。

與家人告別後，蘇軾立即被押著上了船。根據縣志記載，當時湖州百姓看到他們敬愛的太守被生拉硬拽、推推搡搡地被抓走了，無不淚如雨下，蘇軾的家人更是大哭。可是這還沒有完，正在他們驚魂未定的時候，御史臺又派人來抄了家，搜集蘇軾所作的詩文。那些兵丁們把東西到處亂扔，翻箱倒櫃地折騰了半天才走。家中的女人和孩子們都嚇得半死，蘇軾的妻子王氏生氣地說：「他一生好作詩，詩有什麼用，反而惹禍。」一怒之下，焚燒了蘇軾的手稿，後來發現殘存的不過三分之一而已。這是一件很可惜的事。

由於蘇軾文名很盛，案件又牽涉到新舊黨爭，因此這一事件當時在朝廷上造成了很大的震動。大臣們的態度都非常複雜，有的是一定要置蘇軾於死地，有的是很怕惹禍上身，避之唯恐不及，也有很多人挺身而出，為蘇軾辯護。

御史李定等人是絕不會放過蘇軾的，他們見只有御史彈劾力量還不夠，就拉攏副宰相王珪。王珪是一個專看皇帝臉色行事的人，他上朝是為了「取聖旨」，皇帝表態後他說聲「領聖旨」，退朝後就對下屬說：「已得聖旨。」因此被人譏為「三旨」宰相。這次他把神宗的臉色看錯了，他看見神宗逮捕了蘇軾，以為神宗是有意要殺他，於是就跟著煽風點火，大搞捕風捉影，栽贓陷害。

一天上朝時，他突然對皇帝說：「蘇軾有謀反之意。」皇帝大感意外，說：「他也許有別的過錯，但還談不上謀反，你為什麼這麼說呢？」王珪於是提起了蘇軾〈詠檜〉那首詩，說這首詩的後兩句「根到九泉無曲處，世間唯有蟄龍知」，是說有人要命定成為天子，取代神宗的地位，這個人還出身低微。宋神宗感到這樣解釋太荒唐了，說：「他吟詠的是柏樹，關我什麼事？」當時章惇也在旁邊，他是支持新法的，但對王珪這樣歪曲蘇軾的詩意很不滿意，退朝後質問王珪：「你是不是想使蘇軾家破人亡才甘心？」王珪說：「這是御史舒亶的意思。」章惇毫不客氣地譏諷他說：「舒亶的口水給你，你也吃嗎？」

御史臺極力想置蘇軾於死地，共審訊了四十多天。蘇軾感到形勢很險惡，就與兒子蘇邁約定，平時只送菜和肉，如果有壞消息，就送魚。有幾天，蘇邁要離開京城去別處借錢，就把送飯的事托付給了一位朋友，卻忘了告訴他這件事。恰好這位朋友得到了一條魚，就做熟送去了。蘇軾一看大驚，心想這回可是凶多吉少了。於是馬上寫了兩首訣別詩，託獄卒轉給弟弟蘇轍。這兩首詩措辭極為悲慘，第一首表現了兄弟間的手足深情，生死離別時的哀怨、淒楚，躍然紙上。

詩中說自己一家十口全賴弟弟照顧了，願與他世世代代為手足。另外一首是描繪監獄的陰森恐怖和自己的驚懼心理。其中有「柏臺霜氣夜淒淒，風動琅璫夜向低。夢繞雲山心似鹿，魂飛湯火命如雞」的詩句。寫出了獄中霜風殘月的淒涼和自己晚上不能入睡的難以平靜的心情。

御史們極力想置蘇軾於死地，特別是李定，一心想趁機報私仇。然而他們的陰謀沒有得逞，因為蘇軾是個很有影響的人，很多人為他說了好話。宰相吳充說，曹操那樣猜忌，還能容忍禰衡，陛下以堯舜為榜樣，還不能容一蘇軾？仁宗皇后曹太后臨死前特意留下了幾句遺言：「我聽說蘇軾因寫詩受審問，這是小人跟他作對，沒法子在他的政績上找毛病，就想由他的詩置他於死地。我是不行了，你可別冤枉好人，老天爺是不容的。」退居金陵的王安石也上書說：「安有聖世而殺才子乎？」

由於上下的多方營救，加上神宗本來也很賞識蘇軾的才華，於同年十二月二十九日結案。結果令李定等人大失所望，蘇軾只是被貶為黃州團練副使，判得很輕。蘇轍、王詵同受貶謫，與蘇軾關係密切的司馬光等數十人均被罰金。

烏臺詩案是以詩定罪的文字獄，這為後世如清朝的文字獄開了一個很不好的頭。經過這次死裡逃生的遭遇，蘇軾對社會人生認識得更深了，他的詩文也從此變得更加深邃和沉鬱。蘇軾創作上的高峰期是在「烏臺詩案」後，被貶黃州時期。在這一階段，他寫了大量的詩、詞、散文，且成就很高，如著名的前、後〈赤壁賦〉。而更令人驚嘆的是，黃州時期恰是他生活上最艱難的時期。

蘇軾到黃州後，收入銳減，平時又無積蓄，實在難以支撐一家十口的用度，日子十分清苦。他就給自己定了一個花錢預算法，規定每天的用費不能超過一百五十文錢。每月初，取四千五百錢分為三十串，掛在房梁上，每天用叉挑取一串，就把叉藏起來。這一百五十文若沒用完，就放在另外一個竹筒中，存起來，用來招待賓客。

可即使這樣精打細算，生活仍難以維持。於是蘇軾在惡劣環境的逼迫下，開始務農了。

他過去曾經想過棄官為農，做個隱者，卻沒想到會在這種情形下被迫成了農夫。

蘇軾有一個好朋友，叫馬正卿，他是蘇軾的崇拜者，二十多年了，一直跟隨在蘇軾左右。他向郡中申請了城東過去的營防廢地數十畝，讓蘇軾開墾耕種，以便維持生計。那塊地在黃岡之下，長滿了荊棘荒草，堆滿了碎石。蘇軾在草叢瓦礫中開墾出大片的耕地，種上了稻穀和蔬菜。他向農民學習種田的經驗。農民告訴他說，麥苗剛長出來的時候，不能任其生長；若想豐收，必須讓新生的麥苗叫牛羊吃去，等冬盡春來時，再生出的麥苗才能茂盛。

這種躬耕生活，使蘇軾懂得了糧食的可貴。他深有體會地說：「我久食官倉，紅腐等泥土。」現在經過「種稻清明前」、「分秧及夏初，秋來霜穗重」、「新春便入甑」的勞動全過程，知道了糧食的來之不易。而他所耕種的那塊地，因為在東山坡下，所以命名為「東坡」，蘇軾就用它作了自己的別號，現在人們之所以稱他為蘇東坡，就是這麼來的。

黃州太守徐君猷對蘇軾很好，任由他往來於附近各地，並經常和他一起宴遊，但因為蘇軾是作為罪人安置在黃州的，他仍負有看守的責任。蘇軾的一次夜遊，可把太守嚇壞了。那天晚上，蘇軾在東坡草堂與客人飲酒，半夜才回到住處臨皋亭。當時家裡的人都睡熟了，怎麼敲門都不應。蘇軾在門外聽著滔滔的江水聲，忽然產生了遐想，便高聲吟了一首詞，詞的後兩句是：「小舟從此逝，江海寄餘生。」第二天，便有人說蘇軾昨晚到過江邊，寫下這首告別詞後，已經順流而下逃走了。這事傳到太守耳朵裡，他大吃一驚，急急忙忙來到蘇軾的住處，推門一看，蘇軾正鼾聲如雷，酒醉未醒呢。這個故事說明蘇軾當時實際上是被軟禁在黃州的。

蘇軾逐漸從烏臺詩案的悶棍下清醒過來，對生活又充滿了信心，寫出了一些好文章。元豐五年（一〇八二年）三月七日，蘇軾和朋友到黃州東南三十里的沙湖遊玩。去的路上正趕上下雨，同去的其他人都被雨澆得狼狽不堪，大聲叫苦。蘇軾卻像散步一樣，從容不迫，一邊走一邊作出了一首詞，這就是著名的〈定風波・沙湖道中遇雨〉：

莫聽穿林打葉聲，何妨吟嘯且徐行。竹杖芒鞋輕勝馬，誰怕？一蓑煙雨任平生。料峭春風吹酒醒，微冷，山頭斜照卻相迎。回首向來蕭瑟處，歸去，也無風雨也無晴。

從這首詞中，可以看出蘇軾已經戰勝了孤獨失意，泰然自若地走在人生的道路上，任憑風吹雨打，勝似閒庭信步。充分表現出蘇軾豁達樂觀的精神。

這一年的七月和十月，蘇軾又兩遊黃州附近的赤壁，寫下了千古名篇前、後〈赤壁賦〉。〈前赤壁賦〉是蘇軾和同鄉道人楊世昌享受夜景時寫成的。那是七月十六仲夏之夜。

清風在江面上緩緩吹來，水面平靜無波。蘇軾與楊世昌慢慢喝酒吟詩。不久，一輪明月出現在東山之上，白霧籠罩江面，水光與霧氣相接。兩個人坐著小船，漂浮在白茫茫的江面上，只覺得人如天上坐，船在霧中行。蘇軾手拍船舷開始唱起來：

桂棹兮蘭槳，擊空明兮泝流光，
渺渺兮予懷，望美人兮天一方。

楊世昌開始吹簫為蘇軾伴奏，簫聲奇悲，如泣如訴。蘇軾問他：「你為什麼吹得這麼悲傷呢？」楊世昌說：「你還記得赤壁發生的往事嗎？一千年前，一場水戰在此爆發，決定了三國魏蜀吳的命運。難道你不能想像帆檣如林，順流而下的景象嗎？難道你不記得曹操夜間作的『月明星稀，烏鵲南飛』的詩句嗎？可是這些英雄，今天在哪裡呢？今天晚上，你我無拘無束，駕一葉扁舟，一杯在手，享此一時之樂。可這只是人生的瞬間而已，片刻即化為虛幻。我真想遨遊太空，飛到月宮而長生不老。可我知道這些只是夢想，永遠不可能實現，因此便如此悲傷了。」蘇軾安慰他說：「你看水和月：水不斷流去，但水依然在這。月亮或圓或缺，但終究如故。你若看宇宙的變化，沒有不變的；可你若從不變方面看，萬物和我們都是不朽的。再說，江上清風，山間明月，是供我們享受的。這些無限的寶貝，取之不盡，用之不竭，正是造物的無私。」聽了蘇軾這一番話，楊世昌也笑了。兩人洗淨杯盤，繼續喝酒，後來便互相枕著睡去，卻不知東方已開始露出曙光了。蘇軾在安慰朋友時所吟出的這篇〈前赤壁賦〉充分表達了他在極端失意時仍能保持樂觀的人生態度。

蘇軾在黃州雖然政治上很不如意，生活上更是艱苦，要自己親身躬耕，然而，在文學創作上他卻達到了高峰。

文壇三蘇：天下聞名大文豪

我國北宋年間，有這麼一家，父子三人都是名動天下的大文豪，散文八大家中他們占了三家。這就是著名的「三蘇」——蘇洵、蘇軾、蘇轍。

蘇洵字明允。他少年時期不喜歡讀書，對當時華麗空洞的文風很是不滿。親友們因此很擔憂，勸蘇洵的父親說：「你的兒子不用心讀書，你為什麼不好好管一管？」蘇洵的父親卻笑著回答說：「你們不了解他，我是不發愁的。」

果然，在蘇洵二十七歲那年，長子蘇軾出生了。他忽然意識到自己已經是一個父親了，卻還是一事無成，看到自己的哥哥、表兄、姐夫都已經科考成功，他受了很大的刺激。於是就在這一年，他發了個狠勁開始讀書。為了學習古文的章法，他曾燒毀了自己的文章數百篇，經過刻苦努力，終於成為宋代著名的散文家。

蘇軾出生三年後，蘇轍也出生了。蘇洵之所以給兒子取名為「軾、轍」，也是有緣故的。軾是車上用作扶手的橫木，是露在外面的。蘇洵害怕蘇軾性格過於外露不掩飾，容易招來災禍。果然蘇軾天生豪放不羈，鋒芒畢露，一生多次被貶，差點被殺頭。轍是車子碾過的印跡。蘇轍一生怡和淡泊，深沉不露，在激烈的黨爭中，雖然也多次被貶，但最終能免禍，悠閒地度過了晚年。在兩個兒子中，很顯然蘇洵更擔心大兒子蘇軾。

蘇洵青年廢學，成名很晚，就把成就功業的希望寄託在兩個兒子身上。他親自教育他們，讓他們背誦和模仿名家之作，歐陽修的文章就是他們常用的范文。他們的習作，蘇洵都一一修改評點。

大約在蘇軾十歲左右，蘇洵讓他模仿歐陽修的文章寫了一篇〈賜對衣金帶及馬表〉。蘇洵看了，非常滿意，高興地說：「這個兒子以後一定有出息。」蘇洵果然說對了，後來蘇軾曾多次出入學士院，並多次得到皇帝賞賜的對衣、金帶和馬。

嘉祐元年（一〇五六年），蘇洵帶兩個兒子進京應試。當時蘇軾二十一歲，蘇轍十八歲。兄弟二人順利地通過了舉人考試、禮部考試和殿試，進士及第。他們的父親蘇洵的那個高興勁兒就不用說了，眼看兩個兒子年紀輕輕的都考中了，怎麼能不欣喜若狂呢。不過這也引發了他的感慨，他想自己少年時不好好讀書，浪費了那麼多時間，雖然自己的抱負在兒子們身上實現了，但自己難道就真的一事無成了嗎？他聽說歐陽修是最重視文才的，就把自己幾年來所寫的二十多篇文章托人送給歐陽修，請歐陽修指教。歐陽修一看，蘇洵的文章文筆老練，別具風格，不同凡響，就向宰相韓琦推薦。韓琦見了，也很喜歡。於是沒經過考試，破格將蘇洵任命為祕書省校書郎。

這樣，蘇家父子三人當時在京都都出了名，時人稱他們為「三蘇」。

「三蘇」中，文學成就最高的是蘇軾，他也是北宋時期成就最高的文學家。對於蘇軾的文才，北宋時無人不嘆服。歐陽修就非常賞識蘇軾，他有一天對兒子說：「你記著我的話，三十年後，無人再談論老夫。」他的話果然應驗，歐陽修死後的十年之內，果然無人再談論歐陽修，大家都在談論蘇軾。蘇軾的著作被朝廷禁閱之時，還有很多人在暗中偷偷地讀呢。

宋神宗也很欣賞蘇軾的才華，他喜歡邊吃飯邊看蘇軾的詩文。每當他拿著筷子卻長時間不放下時，旁邊伺候的太監宮女們就知道皇上是看蘇軾的文字入了迷。蘇軾貶官黃州期間，宋神宗曾多次想起用他。有一次他對宰相王珪說：「國史很重要，可以讓蘇軾來撰寫。」可是王珪是烏臺詩案中極力迫害蘇軾的人，他怎麼能願意蘇軾再度被起用呢？於是就口稱唯唯，面有難色。神宗看到他這個樣子，只好長嘆一聲，無可奈何地說：「那就讓曾鞏來撰寫吧！」可是神宗終究放不下蘇軾，元豐七年（一〇八四年），他終於下手詔說：「蘇軾被貶這麼長時間了，即使有過錯也該改得差不多了。人才實在難求，不忍捨棄。」於是把蘇軾從黃州調到離京城較近的汝州。

蘇軾的弟弟蘇轍也是很有才華的。蘇家兩兄弟被錄取時，宋仁宗曾高興地對皇后說：「我為子孫找到兩個宰相之才了。」在仕途上，蘇轍比哥哥要平穩得多，他的官位比哥哥要高，曾真的做到宰相一職。他的文章內容充實，很有深度，足稱大家。

蘇家兩兄弟感情非常深厚。他們從小在一起讀書，一起長大，一起考中進士。憂傷時互相安慰，患難時互相扶助。烏臺詩案中，蘇軾被捕入獄，處境非常險惡。蘇轍為了營救兄長，不僅四處奔走，而且上表給神宗，請求赦免蘇軾，自己願納還一切官職，為兄長贖罪。後來因為這一點，他受的處罰較重，被調到高安，任筠州酒監。蘇轍很聰明，他在人情世故方面確實高出哥哥一籌。蘇軾在獄中曾給他寫了兩首訣別詩，詩裡除了表達了兄弟間深厚的情誼外，又表示皇恩浩蕩，而自己無法圖報，深為慚愧。蘇轍接到後，感動萬分，竟伏在監獄的案子上哭了起來。獄卒隨後就把這兩首詩帶走了，因為獄卒按規矩，必須把犯人寫的片紙隻字呈交監獄最高當局查閱。蘇轍是知道這點的，因此他藉著痛哭的時候，特意讓獄卒把詩拿走了。果然不出他所料，這些詩傳到了皇帝手中，神宗看了，十分感動。這就是為什麼雖有御史強大的壓力，蘇軾最後卻被判得很輕的緣故。後來，蘇軾的監禁被解除了，蘇轍接他的時候，特意用手捂住他的嘴。蘇軾就明白了，知道弟弟是在告訴他今後要三緘其口，不要亂說話。

蘇軾杭州任滿時，請求調到密州，就是為了能和弟弟蘇轍見面。可是他的願望沒有實現。在密州期間，他一直沒有機會去看蘇轍。熙寧九年（一〇七六年）中秋，蘇軾孤零零的一個人在超然臺飲酒賞月。當時他與蘇轍已有五年沒見了。看著天上圓圓的月亮，想到自己這個唯一的弟弟，蘇軾的思念之情無法抑制，於是舉起杯子，對著皎潔的月亮吟了一首〈水調歌頭〉。

詞的上闋表明了作者的忠君思想，下闋是對弟弟的思念。據說神宗讀到「瓊樓玉宇」兩句，感嘆道：「蘇軾終是愛君。」這首詞表現了蘇軾對逆境、對人間一切不如意事的通達態度，雖然無法和弟弟相見，但此刻不正在千里共賞一輪明月嗎？全詞揮灑自如，一氣呵成，是一首膾炙人口的傑作。有人說，蘇軾這首詞寫出後，所有以中秋為題的詞都可以棄之不看了。

蘇家父子三人個個都是才華橫溢，學識淵博，在我國文學史上也是少有的現象。因此，後人一提起三蘇，無不欽佩景仰。

大器晚成、文才出眾的蘇洵

「一門三父子，都是大文豪，詩賦傳千古，峨眉共比高。」這是朱德所作的〈題眉山三蘇祠〉。這裡提到的三父子就是唐宋八大家中的蘇洵及其兩個兒子蘇軾、蘇轍。

蘇洵，字明允，四川眉山縣人。他出生在一個「三世皆不顯」的地主家庭。他的父親蘇序，是個樂善好施之人；他的兩個哥哥蘇澹、蘇渙都是進士出身。蘇渙中進士很早，在眉山一帶影響很大。當他中進士的消息傳回到故鄉的時候，「迎者百里不絕」，這樣的場面是可以想見的。可是蘇洵卻沒有受到兩個哥哥的影響，他從小就不喜歡讀書學習，只知遊蕩，即使結婚以後仍然如此。他的妻子程氏是個沉靜而賢惠的女人，看著他這個樣子，嘴上沒有說什麼，但是心裡卻暗暗為他的前途擔憂。親戚鄰里也很關心他，為他憂慮。可是他的父親蘇序卻若無其事，只是對他一味放縱。別人詢問原因，他只是笑而不答，一副蠻有信心的樣子，真的是「知子莫如父」。他是了解蘇洵的。在他看來，蘇洵是頗有大志的，不應該為那些聲律句讀所束縛。

他的遊蕩也是一種學習，是對社會、對世事的學習。他相信只要蘇洵有一天能靜下來苦讀，一定會通曉「六經百家之說」的。

蘇洵二十七歲時，大哥蘇澹死去，面對老邁的父親，他知道自己應該挑起家庭的重擔了。同時，他又意識到現在學習還不算晚，他的妻子程氏等這一天已經等了很久了。她不能讓家庭累住丈夫，毅然將生活的壓力放在自己的肩上，讓丈夫得以潛心讀書。蘇洵用心苦讀一年多，卻考進士不中，只好懷著沉重的心情重返故鄉。後又入京應制策，雖然文章得到讚賞，但卻不符合考官的胃口，此行又以落第而告終。這段經歷讓蘇洵銘刻於心，日後他曾在〈寄梅堯臣書〉中說：「自思少年嘗舉茂才，夜起裹飯攜餅，待曉東華門外，逐隊而入，屈膝就席，俯首就案。」這段日子讓他每每想到就備感心寒。

這樣的打擊，這樣的情景，使他對於功名不再有興趣。回家之後，憤然將自己準備應考而寫的幾百篇文章全都燒掉，從此專攻學術，讀史研經。時間長了，感到胸中豁然開朗，許多從前不明白的事理變得一目了然。他不再急於寫文章了，竟五六年沒有動過筆。直等到胸中的話已經多得不能自制時，才下筆成文，頃刻千言。

當時鎮守成都的張方平，懷著選才之心看了他的文章，稱讚他「博物洽聞」，文章兼有左丘明、司馬遷、賈誼的長處。敬他以特殊的禮遇，在家中專門為他設一個座位，這個座位從不用來接待其他賓客。他們談古論今，甚是融洽。張方平越來越感到蘇洵是個不可多得的人才，極力向朝廷推薦，卻遲遲未得到答覆。於是建議蘇洵攜二子入京應試。此時的蘇軾、蘇轍已博覽群書，正是「小荷才露尖尖角」之時。

一路奔波，又趕上京城鬧水災，從春走到秋，此時的蘇洵已年過半百，其艱辛可以想見。值得安慰的是，與當時的文學泰斗歐陽修相見後，歐陽修對其文章大為讚賞，立刻呈獻朝廷，向許多身居要職之人推薦。一時蘇洵名氣大盛。身為布衣，卻經常雜坐於朝中顯要之間，被人待為上賓。儘管受到這樣的歡迎和賞識，卻不被朝廷重用，這使蘇洵苦悶難言。為了使自己能有為於當世，他曾在張方平歸京時，冒風雪在城外迎候，凍得「唇黑百裂，僮僕無人色」，如此這般只是為求其再薦。這時的蘇洵是不得志的，而同來京城應試的蘇軾兄弟卻一舉中第。歐陽修對蘇軾更為稱道，認為他自己也要被蘇軾比下去了，而且將來還會超過他，還說：「三十年後，將沒有人知道我了。」二子登科，受到賞識，作為父親的蘇洵在驕傲之餘寫下了一首詩，感慨道：「莫道登科易，老夫如登天；莫道登科難，小兒如拾芥。」

從中不難看出他既辛酸又欣慰的複雜心緒。

正當此時，他的妻子程氏病逝，父子三人匆匆返鄉。愛妻的逝去，加上在京那段日子的不盡如意，使蘇洵對於政治的幻想變得淡然起來，只想在家鄉悠然度過餘生。可朝廷偏偏又召他入舍院試策論，他託病不去，寫了〈上皇帝書〉，說：「臣本凡才，無路自進。當少年時，亦嘗欲僥倖於陛下之科舉。有司以為不肖，輒以擯落，蓋退而處者十有餘年矣，今雖欲勉強扶病戮力，亦自知其疏拙，終不能合有司之意，恐重得罪，以辱明詔。」從這裡已經看出他對於朝廷科舉制度的些微不滿，他覺得沒有必要一定要做官，「洵之所為欲仕者，為貧乎？實未至於飢寒而不擇。」（〈上歐陽內翰第四書〉）雖然如此，他畢竟是有志之士，在〈上皇帝書〉中他又將其政治革新主張分十條加以論述，希望能夠有利於國家。他先勸皇帝要知人善任，認為文有制科，武有武舉，智勇雙全之人將相俱備；皇帝應該信任大臣，疏遠宦官……對於外交等方面都有所論及，而且大多切中要害，一語中的。

當時與之交往較密的梅堯臣，收到他拒絕赴京應試的書信後，提醒他家中還有雛鳳——蘇軾、蘇轍應該施展抱負。為了二子，他再次入京，卻拒絕應試。朝廷任命其為試祕書省校書郎，這是個卑微的九品小官，蘇洵無奈，只得勉強接受下來。

蘇洵雖受如此不公平的待遇，卻時刻關心時事。仁宗逝世時，韓琦大興土木，為仁宗修陵園。對此，蘇洵是不贊成的，於是就寫了〈上韓昭文論山陵書〉，對這種行為進行了激烈的批評。他認為仁宗以儉德治天下，這樣的厚葬是不符合仁宗本意的；況且，一切負擔都要轉嫁於民，於英宗即位不利，要求韓琦「救百姓之急」，「抒百姓目前之患」。韓琦看後勃然變色，但還是採納了蘇洵的一些意見。

宋英宗治平二年，蘇洵與姚避合修的《禮書》完成，共一百卷，上奏英宗，賜名《太常因革禮》。剛修完此書，年僅五十八歲的蘇洵就因積勞成疾而臥病不起了。雖說歐陽修等人很是關心，送去諸多藥方盼他康復，但他的病卻一天比一天加重了。蘇洵已感到自己與世不久了，對蘇軾兄弟詳細交代後事，叮囑他們完成他尚未完稿的《易傳》，不久就與世長辭了。他的死，引起朝廷上下的震動，「自天子、輔臣至閭巷之士皆聞而哀之」，歐陽修作〈蘇主簿輓詞〉道：

布衣馳譽入京都，丹旐俄驚返舊閭。
諸老誰能先賈誼，君王猶未識相如。
三年弟子行喪禮，千兩鄉人會葬車。
我獨空齋掛塵榻，遺編時閱子雲書。

死後的一切輝煌對於蘇洵來說都是空的了，他的政治抱負始終未能如願施展，死去之時也是頗多遺憾的。

自古大器晚成而有所成就的人並不多見，而蘇洵從二十七歲開始發憤，最後竟能成為唐宋八大家之一，一直是後人傳頌的典范。他文章中磅礴的氣勢，雄邁的文風，感慨淋漓的酣暢，使他在文學史上的位置無法替代。真正是「一時之傑，百世所宗」的一代大文豪。

文壇巨星碰撞：蘇軾與王安石

蘇軾和王安石是北宋中期同負盛名的文學大家，兩人在政治上有分歧，有爭論，在文學和品德上則互相佩服，他們友誼的發展經歷了一個比較曲折的過程。

兩人初次的交往是在嘉祐五年（一〇六〇年）。蘇軾授河南府昌縣主簿的製詞就是由王安石起草的。王安石在製詞裡稱讚蘇軾：「爾方尚少，已能博考群書，而深言當世之務，才能之異，志力之強，亦足以觀。」從這裡可以看出，王安石對蘇軾的才華是很欣賞的。蘇軾更是對王安石欽佩已久，當時王安石已文名滿天下，而蘇軾只不過是初出茅廬的新人。兩個人互相推重，友誼日見加深。

可是，不久就風雲突變，蘇軾和王安石都卷入了一場政治漩渦之中。由於兩人政見相左，友誼出現裂痕。

治平四年（一〇六七年），神宗皇帝即位。他年富力強，雄心勃勃，頗想有所作為。恰好他手下有一名大臣叫韓維，常常對朝政發表意見，這些意見總是很合他的心意。而韓維卻說：「這不是我想出來的，是我的好友王安石的意見啊！」於是神宗就很器重王安石，擢升他為參知政事，實行變法。這就是著名的「王安石變法」。

這次變法在朝廷中引起了極大的震動，大臣中分出了變法派和保守派。兩派之間的鬥爭非常激烈。從一開始，蘇軾就站到了保守派的一邊，這主要是因為他的儒家思想和地主階級立場。熙寧二年（一〇六九年），王安石準備變科舉、興學校，神宗對此有些懷疑，就徵詢大臣們的意見。蘇軾就寫了〈議學校貢舉狀〉，表示反對。認為根本問題並不在於改革考試制度，而在於朝廷用人是否得當。他還反對王安石任用大批新人推行新法令。由於新法某些地方觸動了豪強大地主的利益，很多元老重臣都反對變法，在沒有辦法的情況下，王安石只好起用了一批支持他的下層官吏。蘇軾指出，很多官員只是想藉著變法的機會往上爬罷了，並不是真心為朝廷辦事，這只能使朝廷越來越亂。對雇役法他也很不贊成，認為這只能加重下層農民的負擔，不會有什麼真正的好處。這一點後來連變法派人物章惇也承認了，說：「言（雇役法）不便者多下等人戶。」

隨著變法的深入，蘇軾和變法派的矛盾越來越大，他和王安石曾多次在朝堂上激烈辯論。蘇軾天生個性爽直，提出的意見直截了當，非常尖銳，這使他與王安石之間友誼的裂痕越來越深。王安石對蘇軾很不滿意，就把他趕出朝廷，任他為開封府推官。推官是掌管刑獄的，事務很多。王安石想用繁瑣的事務困住蘇軾，使他不能再發表意見反對自己。可是蘇軾很有辦事能力，把事情做得又快又好，竟然還有時間給神宗又上了兩個表，全面反對新法。這可真讓王安石為難了，打擊蘇軾吧，他又實在是一個難得的人才。王安石曾說：「不知更幾百年，方有如此人物。」可見他對蘇軾才華的推許。況且，蘇軾雖然常常使他下不來臺，但王安石對蘇軾不俯仰當世、大膽直諫的精神，也是十分欣賞的，他曾說：「直須詩膽付劉叉。」（〈讀眉山集次韻雪詩〉）劉叉是唐朝人，因敢於直諫而聞名。但若不打擊蘇軾，自己推行變法運動，又容不得異己的存在。想來想去，王安石只好接連任蘇軾為地方長官，總給他事做，不讓他回朝廷，影響自然就小了。

其實，蘇軾和王安石雖然在政見上分歧很大，但兩人的基本目的都是一個：都是為了使宋王朝能夠更加興盛，鞏固宋朝的統治。兩人都是忠君愛國，沒有半點私心，只不過在施政方式上不同罷了。因此後來在王安石下臺後，兩人的友誼又得到了恢復和發展，這主要是在王安石晚年。烏臺詩案是一個契機。當時御史李定等人極力要置蘇軾於死地，而神宗卻猶豫不決，蘇軾的情況很凶險。隱居在金陵的王安石知道這件事後，馬上給神宗上書說：「安有聖世而殺才子乎？」王安石是神宗所器重的人物，雖已退隱，但說的話還是很有分量，因此這件事就因王安石的話「一言而決」。從這個意義上說，王安石對蘇軾還有救命之恩。

蘇軾出獄後，對王安石很感激，而且即使在變法運動最激烈的時候，他們的友誼也沒有真正破裂，所以兩人的交往很快就多了起來，最著名的就是江寧相會。

元豐七年（一〇八四年），蘇軾從黃州被貶到汝州。七八月間路過江寧的時候，專門去看望了王安石。王安石自從在熙寧九年（一〇七六年）第二次罷官後，一直閒住在坐落於江寧城東門和鍾山之間的宅第「半山園」中，到這時已整整八年了。蘇軾到達江寧的時候，王安石正在養病。但他一聽說蘇軾到了，馬上從病床上爬起來，匆匆忙忙地穿了一件家常衣服，就到江邊去迎接蘇軾。見面一看，蘇軾也沒穿官袍，只是穿了一件平常衣服，兩人都笑了，蘇軾開玩笑說：「我今天是穿著野服見大丞相啊！」王安石也笑著說：「禮儀難道是為我們這些人設的嗎？」說完二人都哈哈大笑，毫不拘束，非常隨便。

這次江寧相會，蘇軾和王安石在一起吟詩說佛，相互唱和，愉快地度過了幾天。一日，他們和江寧知府王勝之一同遊覽蔣山。一路上，三人談天說地，邊欣賞路邊的風景，邊吟詩作詞。蘇軾當時就吟了一首〈同王勝之遊蔣山〉。王安石很愛其中「峰多巧障目，江遠欲浮天」兩句，讚嘆說：「我平生所作的詩中，沒有這兩句呀！」對蘇軾的文才十分推崇。

有一天，王安石和蘇軾在一起閒聊。談著談著，王安石突然說：「你也在這買房，和我一起隱居吧！我們也好能時時相見。」蘇軾聽了後，很有些動心。當時他們兩人，一個被貶，一個賦閒，情況雖然不太相同，但不被任用的處境是一樣的。於是蘇軾就打算在王安石家旁邊買一處田產，一輩子隱居在這算了，再說他本來就不願去汝州赴任，如今聽了王安石的勸說，就更動搖了。

後來蘇軾買田的事因種種原因沒有辦成，離開江寧去了常州。剛分手不久，蘇軾就給王安石寫了一封信說：「已別經宿，悵仰不可言！」王安石也在〈回蘇子瞻簡〉中說，分手以後，「俯仰逾月，豈勝感悵！」二人都是難捨難分，相互思念。

蘇軾同王安石這次相聚的時間雖然不長，卻在兩人的友誼史上占有重要的地位，並給人們留下了一段文壇佳話。

江寧聚會是兩位詩人交往中最快樂的一次聚會，也是最後的一次聚會。此後僅僅一年多，王安石就病逝了。當時蘇軾正在汴京任中書舍人，奉命起草〈王安石贈太傅敕〉。在這篇製詞裡，蘇軾對王安石的道德和文章給予了很高的評價，突出地指出了王安石在學術上敢於破舊立新的精神。這一年的七月，蘇軾去西太一宮，看見王安石題在牆壁上的六言詩，心有所動，想到詩雖然還在這裡，可是人卻已經去了，不禁感慨萬千。於是提筆寫了〈西太一見王荊公舊詩偶次其韻二首〉，詩中說：「從此歸耕劍外，何人送我池南？」表達了對故人深沉的悼念。

蘇軾和王安石這兩位大詩人，雖然因在變法中政見不合，致使友誼的發展經歷了一些曲折，然而二人始終是互相欽佩，彼此推重，保持著較為深厚的友誼。

讀故事．學文學

宋代文學故事　上冊

編　　著　范中華
版權策劃　李　鋒

發 行 人　陳滿銘
總 經 理　梁錦興
總 編 輯　陳滿銘
副總編輯　張晏瑞
編 輯 所　萬卷樓圖書(股)公司
排　　版　鄭　薇
封面設計　鄭　薇
印　　刷　百通科技(股)公司

發　　行　昌明文化有限公司
桃園市龜山區中原街32號
電　　話　(02)23216565
傳　　真　(02)23218698
電　　郵
SERVICE@WANJUAN.COM.TW
大陸經銷
廈門外圖臺灣書店有限公司
電　　郵
香港經銷
香港聯合書刊物流有限公司
電　　話(852)21502100
傳　　真(852)23560735

ISBN 978-986-91874-8-0
2016年1月初版二刷
2015年11月初版一刷
定價：新臺幣250元

如何購買本書：
1.劃撥購書，請透過以下帳號
帳號：15624015
戶名：萬卷樓圖書股份有限公司
2.轉帳購書，請透過以下帳戶
合作金庫銀行古亭分行
戶名：萬卷樓圖書股份有限公司
帳號：0877717092596
3.網路購書，請透過萬卷樓網站
網址 WWW.WANJUAN.COM.TW
大量購書，請直接聯繫，將有專人為您服務。(02)23216565 分機10

如有缺頁、破損或裝訂錯誤，請寄回更換

國家圖書館出版品預行編目資料

宋代文學故事 / 范中華編著.
-- 初版. -- 桃園市：昌明文化出版；
臺北市：萬卷樓發行, 2015.11
冊；　公分. --(讀故事.學文學)

ISBN 978-986-91874-8-0(上冊：平裝)

857.63　　　104024668